Psychotic Love
Du wirst mir nicht entkommen

_____

Sudem A.

Impressum

Bibliografische Information der Deutschen Nationalbibliothek: Die Deutsche Nationalbibliothek verzeichnet diese Publikation in der Deutschen Nationalbibliografie; detaillierte bibliografische Daten sind im Internet über dnb.dnb.de abrufbar.

Cover: Sudem A.
Innengestaltung: Sudem A.

Verlag: BoD · Books on Demand GmbH,
In de Tarpen 42, 22848 Norderstedt, bod@bod.de
Druck: Libri Plureos GmbH, Friedensallee 273,
22763 Hamburg

ISBN: 978-3-7583-3976-9

PSYCHOTIC LOVE

Sudem A.

Für alle, die nicht an die wahre Liebe glauben.

Achtung!

Dieses Buch könnte Themen beinhalten, die
dich triggern könnten, wie:
Toxischer Ex, häusliche Gewalt, Mobbing,
Vergewaltigungen, Folter, Erwähnungen von
Kraftausdrücken, Sex und Tod / Mord.

Wenn dich solche Themen triggern, lies
dieses Buch nicht!

Dieses Buch ist nichts für schwache Nerven!

Alles in diesem Buch ist frei von mir erfunden.

Prolog

Sierra Grey

3 Jahre zuvor

Alessandro schreit mich an. Er kommt näher auf mich zu und ich gehe ein paar Schritte nach hinten. Er würde mir wehtun.

Genauso wie die anderen Male, als ich etwas falsch gemacht habe. Ich war das Geschirr am Einräumen, aber dabei sind mir die ganzen Teller heruntergefallen.

Jetzt stehen wir beide in der Küche und er schreit mich an, was für einen Nichtsnutz ich sei. Aber widersprechen kann ich ihm nicht.

Wenn ich ihm auch nur ansatzweise widerspreche, würde er schlimme Dinge tun.

Einmal habe ich ihm widersprochen, und was er dann getan hat, kann ich niemals in meinem ganzen Leben vergessen.

»Kannst du nicht einmal etwas richtig machen! Du dumme Hure!« Nachdem er diese Worte ausgesprochen hatte, schlug er mir ins Gesicht.

Ich stöhnte vor Schmerz auf, und fasse an die Stelle, wo er mich gerade geschlagen hat. Doch Alessandro interessiert es nicht, denn er schlägt immer weiter auf mich ein, und dann wirft er mich auf die Scherben am Boden.

Die Scherben schneiden meine Haut auf, doch Alessandro schlägt weiter auf mich ein.

Er trat in meine Rippen und ich weinte jetzt vor Schmerzen.

»Du verdienst es so behandelt zu werden, Schlampe!« Die Scherben kratzen nun auch mein Gesicht auf, und ich spüre wie ein paar in meinen Augen gelangen sind, denn Alessandro schlägt meinen Kopf gegen den Boden.

Mein ganzer Körper schmerzt mir, wegen Alessandros Schlägen und den Scherben. An meinen Beinen spüre ich, wie sie mein

Fleisch durchbohren. Ich weine, ich wimmere vor Schmerzen, doch es interessiert ihn nicht. »Alessandro bitte hör auf!«, flehe ich ihn weinend an, doch er lachte nur.

Ich habe damals immer geglaubt, dass er mich lieben würde, aber anscheinend habe ich mich dabei getäuscht. Aber ich verstehe nicht, was ich falsch gemacht habe.

Ich habe ihn immer mit Liebe und Verständnis behandelt, aber anscheinend war ich nicht gut genug. Als wir uns kennengelernt hatten, war er eine ganz andere Person. Er war liebevoll, nett, höflich und respektvoll.

Aber vor einigen Monaten begann er gereizter zu werden, und er fing an mich zu schlagen.

Beim ersten Mal habe ich ihm verziehen, aber eine Woche später wollte ich mit ihm Schluss machen, aber daraufhin hat er mich vergewaltigt. Der Tag darauf drohte er mich umzubringen, wenn ich auch nur versuchen sollte vor ihm abzuhauen. Anscheinend ist heute der Tag, wo er es vollenden würde. Meine Augen schmerzen wie die Hölle, wegen der Scherben, aber was kann ich schon dagegen tun?

Alessandro lässt von mir ab, und sagt dann: »Steh auf und mach mir was zu essen!« Ich kann mich nicht bewegen vor Schmerzen, und ich merke, wie es vor meinen Augen schwarz wird.

Ich wache auf, aber ich kann nichts sehen. Träume ich vielleicht? Ich blinzle einige Male, doch ich sehe rein gar nichts. Meine Augen schmerzen wie die Hölle, und mich überflutet die Erinnerung von vorhin.

»Kannst du nicht einmal etwas richtig machen! Du dumme Hure!«

Das war es, was Alessandro zu mir gesagt hatte. Ich sei bloß eine *Hure*.

Es war nicht das erste Mal, dass er so etwas zu mir gesagt hatte, ich könnte meinen, ich habe mich schon daran gewöhnt.

Ich setze mich auf und ich spüre, dass ich auf etwas weichem sitze. Vielleicht ein Bett? Aus dem Nichts zog etwas an meinen Haaren, aber ich konnte nicht sehen, wer oder was es war.

»Wehe, du sagst auch nur ein Wort zum Arzt, dass ich dir das angetan habe«, sagte eine allzu bekannte Stimme.

Es ist Alessandro, mein Freund. Sagte er gerade Arzt? Bin ich in einem Krankenhaus? Ich versuche mich zu bewegen, aber ich kann meine Beine nicht spüren.

Warum kann ich nichts sehen und nicht meine Beine bewegen? Alessandros griff um meine Haare verstärkte sich, weswegen ich aufkeuchte.

»Ich habe dich verstanden, Alessandro«, sagte ich mit einer angsterfüllten Stimme.

»Gut so, sonst weißt du, was mit dir

geschieht!« Seine Stimme ist voller Aggressivität, und da ich ihn nicht wütender machen möchte, nicke ich bloß.

Ich höre, wie jemand den Raum betrat. »Sir, sie müssen kurz den Raum verlassen, damit ich ihre Freundin untersuchen kann«, hörte ich eine männliche Stimme sagen.

»Ich sollte lieber im Raum bleiben, denn Sierra bekommt immer Panik, wenn sie allein im Krankenhaus ist. Ich wäre für sie eine Unterstützung«, sagte Alessandro, als würde ich ihm etwas bedeuten.

»Ich fürchte, das geht nicht, Sir. Laut den Krankenhausvorschriften muss ich sie allein untersuchen. Sie können vor dem Zimmer warten.« Alessandro seufzte, aber er sagte nichts. Ich hörte nur, wie jemand das Zimmer verließ.

»Miss, ich muss sie ein paar Fragen zu ihrem Unfall stellen. Ist das ok für Sie?«, fragte mich der Arzt.

Da ich weiterhin nichts sehen konnte, fragte ich: »Wieso kann ich nichts sehen?«

Im Raum folgte eine unerträgliche Stille, die sich wie Stunden anfühlten.

Ich blinzele einige Male, doch es ändert sich nichts. »Es tut mir leid Ihnen mitteilen zu müssen, aber wegen ihres Unfalles, können Sie nicht mehr gehen und auch nichts mehr sehen. Die Scherben an Ihren Beinen waren zu tief in ihrem Fleisch, weswegen Sie nicht mehr laufen können. Außerdem waren viele Scherben in Ihren Augen. Wir könnten sie alle bei einer OP entfernen, aber Sie werden für ihr Leben lang Schäden davontragen. Sie brauchen viel Unterstützung, da Sie von nun an, in einem Rollstuhl sitzen werden.« Ich bin blind? Wie konnte Alessandro mir sowas antun?

Ich könnte mein ganzes Leben nichts mehr sehen und nicht laufen.

Tränen machten sich ihren Weg über meiner Wange, und ich weinte jetzt stärker.

Ich weiß, dass Alessandro zu einigem fähig ist, aber dass er mir die Kraft zum Sehen und zum Gehen nehmen würde, hätte ich nicht gedacht.

»Kann ich Ihnen ein paar Fragen zu Ihrem Unfall stellen?«, fragte der Arzt mich erneut, und ich nickte. »Ihr Freund meinte zu meiner Kollegin, dass sie, während sie das Geschirr am Einräumen waren, ihnen die Teller herunterfielen und sie dann auf die Scherben gefallen sind. Stimmt die Geschichte so, wie es ihr Freund uns erzählt hat, oder ist es anders vorgefallen?« Ich schluckte und senkte meinen Kopf.

Ich kann dem Arzt nicht die Wahrheit erzählen. Alessandro würde mich foltern, und am Ende umbringen. Aber wenn ich nichts sage, könnte es trotzdem schlimmer mit ihm werden.

Vielleicht komme ich von Alessandro weg, wenn ich die Wahrheit zum Arzt sage. Alessandro hatte mich aber gewarnt, dass es für mich schlimm enden würde, wenn ich auch nur ein Wort darüber verliere, was vorgefallen ist.

Aber es kann so nicht mehr weitergehen. Ich nehme mir meinen ganzen Mut zusammen und fange an, mit zittriger Stimme zu sprechen.

»Die Geschichte stimmt nicht ganz. Mir sind zwar die Teller aus meiner Hand gefallen, aber ich bin nicht von selbst auf die Scherben gefallen. Alessandro ... er begann mich zu beleidigen, und dann fing er an, auf mich einzuschlagen. Daraufhin warf er mich auf die Scherben und trat mir in meine Rippen und schlug meinen Kopf auf die Scherben. So sind sie in meine Augen gelangt.« Nachdem ich diese Worte ausgesprochen hatte, zitterte ich stärker.

Habe ich einen Fehler begangen, ihm die Wahrheit gesagt zu haben?

»Wollen sie, dass ich Ihnen aus dieser Situation heraushelfe?«, fragte der Arzt mich, woraufhin ich wieder nur nickte. Ich hörte, wie er jemanden anrief und sagte, dass das Sicherheitspersonal sofort Alessandro wegbringen soll.

»Miss, er wird von unserem Sicherheitspersonal zur Polizei gebracht. Sie werden in wenigen Sekunden frei von ihm sein.« Die Tränen wurden immer mehr und ich lachte. Ich lachte, denn ich würde frei von ihm sein.

Währenddessen hörte ich, wie vor dem Zimmer Alessandro schrie:

»Du dumme Schlampe, wenn ich vom Knast wieder herauskomme, wirst du es bereuen! *Du wirst mir nicht entkommen!*«

Kapitel 1

Kaden Crawford

Ich gehe durch die Straßen Chicagos, und denke an Sex.

Nicht an meinen eigenen, aber ich frage mich, wieso manche Menschen so verrückt nach Sex sind.

Es fühlt sich zwar atemberaubend an, aber es gibt so viele bessere Dinge als einen Orgasmus. Menschen haben One-Night-Stands, aber hat es denn gar nichts mehr zu bedeuten, sich erstmal kennenzulernen?

Ist es falsch, seine Jungfräulichkeit zu behalten, weil man auf die richtige Person wartet?

Haben die schönen Momente in einer Beziehung nichts zu bedeuten, Hauptsache der Sex ist gut? Ich stehe an einer roten Ampel und warte darauf, dass sie grün wird. Aber jetzt mal im Ernst. Ist Sex alles im Leben? Ich meine, auch wenn der Sex schlecht ist, Hauptsache du liebst die andere Person.

Das ist, was zählt.

»Harley, hörst du mir überhaupt zu?«, sagt eine weibliche Stimme neben mir. Ich drehe mich zu ihr und sehe, dass die Frau in einem Rollstuhl sitzt. Sie hat blondes Haar, das ihr auf die Schultern fällt.

Ihr Gesicht ist wunderschön, und ihre Lippen haben ein angenehmes Rosa.

Ihre Augen sind voller Kratzer, und so wie es aussieht, ist sie blind.

Obwohl sie in einem Rollstuhl sitzt und Narben hat, ist sie die hübscheste Frau, die ich je gesehen habe. Sie hat mir wortwörtlich den Atem geraubt, denn als ich sie ansah, habe ich die Luft angehalten. Ich atme wieder aus und richte meinen Blick auf die Frau hinter ihr.

Sie sieht etwas älter aus, ich schätze mal auf Mitte fünfzig.

Ihr Blick ist auf ihr Handy gerichtet und wirkt desinteressiert, was die Frau im Rollstuhl zu sagen hat. »Natürlich höre ich dir zu, Sierra«, antwortete die ältere Frau, weiterhin auf ihr Handy am Schauen. Wie kann man nur so ignorant sein?

»Vielleicht sitzt die Dame im Rollstuhl und ist blind, aber das gibt ihnen kein Recht, sie anzulügen, denn offensichtlich hören sie ihr nicht zu! Jetzt legen sie ihr Handy weg und geben ihr ein wenig Aufmerksamkeit!«, sage ich zur älteren Frau, die mich entgeistert ansieht.

Die Schönheit im Rollstuhl fängt an, leise zu lachen, woraufhin ich grinse.

Die Frau hinter der Schönheit neben mir packt ihr Handy in ihre Hosentasche und verdreht ihre Augen. Die Ampel wird grün, und ich gehe wieder weiter. Ich sollte mich ein wenig beeilen, denn ich möchte nicht zu spät zur Arbeit erscheinen.

»Kaden, da bist du ja endlich!«, sagt Adrian, mein bester Freund, etwas aufgewühlt. Wir kennen uns seit der Highschool, und jetzt arbeiten wir zusammen im Chicago Police Department.

Wir beide wollten schon immer Polizisten werden, und diesen Traum haben wir uns ermöglicht. Und wir sind immer zusammen bei Fällen oder bei Notrufen unterwegs. »Hey Adrian, mir geht es gut. Danke der Nachfrage«, sage ich zu ihm in einem ironischen Ton. Adrian sieht mich genervt an und sagt:

»Du kannst nicht immer zu spät hier auftauchen!« »Ich bin doch gar nicht ...« Ich sehe auf meine Uhr und höre auf zu sprechen. Anscheinend bin ich schon 15 Minuten zu spät. »Ach, das kann doch mal jedem passieren«, füge ich belustigt noch dazu. »Du findest das also auch noch lustig? Du wirst bald gefeuert, wenn du weiterhin so spät kommst!«, sagt Adrian wütender. »Du weißt so gut wie ich, dass ich nie gefeuert werde. Du weißt ja, wie sehr mich unser Boss liebt.« Ich grinse Adrian an, aber er verdreht nur die Augen. »Wir haben einen neuen Auftrag. Erinnerst du dich noch an die Bellucci Geschäfte? Wir dachten damals, dass wir alle aus der Bellucci Familie gefasst haben, aber wir lagen falsch. Einige laufen noch frei herum, und wir müssen sie finden!«

Die Belluccis? Aber die habe ich doch damals eigenhändig in den Knast geschickt!

Deren Geschäfte waren enorm, und es hat mich lange gebraucht sie alle zu fassen! Wenn noch welche der Belluccis herumlaufen, müssen wir sie so schnell wie möglich finden.

»Was weißt du alles über die frei laufenden?«, frage ich Adrian wütend. Ich bin nicht auf ihn wütend, sondern auf mich, da ich es nicht geschafft habe, meinen Job richtig zu erledigen.

»Ich vermute, dass es Carlos Belluccis Söhne sind. Wir wussten damals nicht, dass er Söhne hat, aber ich habe mich ein wenig über diese Familie und deren Imperium befasst und herausgefunden, dass er drei Söhne hat«, gesteht mir Adrian.

»...Aber ich habe noch herausgefunden, dass Carlos mit ihnen in Kontakt steht, und dass sie Alessandro, Giovanni und Antonio heißen«, fügt Adrian noch dazu.

Aber irgendwie sagen mir diese Namen etwas. Alessandro, Giovanni und Antonio Bellucci. Standen die damals in der Liste von der Bellucci Familie?

Doch! Sie standen auf der Liste, und ich habe sie alle drei hinters Gitter gebracht.

Wie können sie denn noch draußen frei herumlaufen? »Adrian, damals habe ich Alessandro, Antonio und Giovanni Bellucci hinters Gitter gebracht. Das kann gar nicht sein, dass sie nicht im Gefängnis sind« Adrian sieht mich an, als hätte ich ihm ins Gesicht gespuckt.

»Nein Kaden. Sie sind noch draußen.«

»Aber wenn sie noch draußen sind, wen habe ich vor 5 Jahren in den Knast gesteckt?« Er sieht mich genauso verwirrt an, wie ich ihn ansehe, und holt sein Diensthandy heraus. Er wählt eine Nummer, von der ich nicht weiß, welche und fragt die Person an der Leitung: »Sergeant Kane hier. Ich habe eine Frage. Sind Antonio, Alessandro und Giovanni Bellucci noch in ihren Zellen?«

Ich versuche zu hören, was die Person an der anderen Leitung sagt, aber ich kann es nicht verstehen.

Adrian nickt nur und verabschiedet sich von der Person am Telefon. »Die Wärter sagen, dass alle drei noch in ihren Zellen sind.

Sie wurden nie ins Gefängnis gebracht, da wir nicht wussten, dass Carlos Söhne hat. Aber wenn seine Söhne nicht im Gefängnis sitzen, wer dann?«

Diese Frage stelle ich mir auch.

»Ich habe aber herausgefunden, dass Alessandro, vor 3 Jahren ins Gefängnis gebracht wurde. Dies aber unter einem falschen Nachnamen. Er hatte seine Freundin misshandelt, und hat dafür 9 Jahre bekommen. Alessandro hat sie richtig verunstaltet, aber er wurde wieder frei gelassen. Er hat den Wärtern eine gute Summe gezahlt, woraufhin er vorzeitig entlassen wurde.«

»Du sagst, er hatte eine Freundin. Vielleicht sollten wir sie befragen. Sie könnte, was von seinen Geschäften wissen.« Adrian verzieht sein Gesicht über meinen Vorschlag, was mich ihn fragend ansehen lässt. »Kaden, sie weiß nicht, dass er wieder draußen ist. Sie denkt, er wird erst in 6 Jahren entlassen. Außerdem ist sie wahrscheinlich traumatisiert von ihm!«

Adrian hat zwar recht, aber wir müssen Alessandro und seine Brüder fangen.

»Was hat er ihr angetan?«, frage ich Adrian, denn ich erwarte alles von einem Mafioso.

»Laut der Akte, mit seinem falschen Nachnamen, hat er sie geschlagen, sie mehrere Male vergewaltigt, und bevor er in den Knast kam, hat er sie auf Scherben geschmissen, die zu tief in ihren Beinen gelangt sind, und die Scherben haben ihre Augen geritzt. Sie kann nicht mehr gehen und sie ist erblindet, seinetwegen.«

Ich verzog das Gesicht. Wie kann man einem Menschen so etwas antun?

Die Frau, die das alles erleben musste, tut mir leid. »Wir sollten sie trotzdem befragen. Vielleicht weiß sie etwas. Lade sie für morgen um 16 Uhr ins CPD ein«, sage ich in einem befehlerischen Ton.

Adrian nickt, und verschwindet in seinem Büro.

Scheiße, wie konnten Adrian und ich nicht merken, dass wir die falschen in den Knast geschickt haben?

Aber in der Liste, waren sie nicht als die Söhne von Carlos gelistet, sondern als seine Cousins. Mal sehen, ob wir morgen, neue Informationen bekommen werden.

Kapitel 2

Kaden Crawford

Adrian und ich sitzen im Befragungsraum, und warten auf die Ex-Freundin von Alessandro.
Es ist fünf vor, und noch ist keiner erschienen, außer Adrian und ich. Tatsächlich habe ich Angst. Angst zu sehen, was dieses Monstrum, dieser Frau angetan hat.
»Woran denkst du, Kaden?«, unterbricht Adrian mich beim Denken. Dieser Typ weiß immer, wenn ich in meinen Gedanken versunken bin.
»Ich denke daran, was Alessandro Bellucci, ihr wohl noch alles angetan hat. Wer weiß, vielleicht hat er sie auch noch gefoltert«, sage ich mit einer ruhigen Stimme zu Adrian. Adrian verzieht sein Gesicht, und in dem

Moment klopft es an der Tür des Befragungsraumes. »Herein!«, brüllt Adrian zur Tür.

Officer Anderson öffnet die Tür, und schiebt eine Frau im Rollstuhl in den Raum.

Er lässt sie vor dem Tisch ab, womit sie vor uns sitzt.

Scheiße, das ist doch die Schönheit, der ich gestern begegnet bin! Daher stammen also die Kratzer an ihren Augen.

Wie kann ein Mensch nur sowas jemanden antun? Sie tut mir leid. »Hallo, ich bin Sergeant Kane und neben mir sitzt mein Partner Officer Crawford. Sie sind Miss Sierra Grey, richtig?«, fragt Adrian, die Frau, die mir gestern begegnet ist.

»Ja, das bin ich«, sagt sie und setzt ein zuckersüßes Lächeln auf.

Wow, sie ist wirklich wunderschön. Ihr Lächeln ist sogar perfekt. »Vielleicht erinnern sie sich an mich. Ich bin der Mann, der sich gestern für sie eingesetzt hatte, als ihre Begleiterin sie angelogen hatte.« Ihr Lächeln wird breiter, während sie nickt.

»Ich wusste nicht, dass mein Verteidiger, ein Polizist ist. Danke nochmals.« Auf ihre Aussage hin muss ich schmunzeln.

Sie ist echt süß.

»Verteidiger? Gestern? Wovon spricht ihr?«, flüstert mir Adrian zu. »Erkläre ich dir ein anderes Mal.«

»Also Miss Sierra, wir haben sie hergerufen, denn wir müssen sie ein paar Fragen über ihren Ex-Freund Alessandro Harper stellen.« Nachdem Adrian Alessandros Namen ausgesprochen hatte, versteinerte Sierras Körperhaltung sich.

Was hat dieses Arschloch ihr bloß noch angetan, dass sie so starr wird, nur als Adrian seinen Namen sagte? »Natürlich. Was wollen sie wissen?« Ihre Stimme zitterte, weswegen Adrian zu mir blickte.

»Wussten sie, dass er eigentlich mit Nachnamen Bellucci heißt?« Sie schüttelt hastig den Kopf, und antwortet: »Ich kenne ihn nur unter seinem Nachnamen Harper.« Ihr Gesichtsausdruck verrät mir, dass sie die Wahrheit sagt, was auch Adrian bemerkt.

»Haben sie gewusst, dass er in der Mafia ist?«, fragte Adrian nun.

Mein Gefühl sagt mir, dass sie überhaupt nichts weiß, denn sie wirkt so unschuldig.

»Nein. Das wusste ich nicht. Aber ich habe da mal eine Frage. Wieso wurde ich hergerufen? Ich meine, Alessandro ist im Gefängnis, also sagen sie mir, wieso befragen sie mich?«

Adrian schaut zu mir herüber, und wirkt bedrückt.

Ich weiß direkt, was er von mir will.

Er will, dass ich ihr sage, dass Alessandro auf freiem Fuß ist.

Ich nicke und fange an zu sprechen. »Miss, ihr Ex-Freund Alessandro ist nicht mehr im Gefängnis. Er ist wieder auf freiem Fuß.« Ich sehe, wie sie anfängt, stark zu zittern.

»Aber er wird doch erst in 6 Jahren entlassen! Wenn er frei ist, bin ich so gut wie tot! Er wird mich finden, das hat er mir geschworen, bevor er verhaftet worden war. Ich bin nicht mehr sicher, wenn er wirklich frei ist!«, sagt sie panisch.

Sie hat recht, sie ist nicht sicher.

Ich schaue zu Adrian rüber, der mich auch mit einer besorgten Miene mustert. Er weiß auch, dass sie nicht sicher ist. »Adrian, sie hat recht. Sie ist nicht sicher, solange er frei ist. Was sollen wir tun?«, flüstere ich zu Adrian.

»Sie braucht jemanden, der sie schützt. Jemand, der sie 24/7 im Auge hat. Wir sollten dem Boss sagen, dass sie einen Schützen braucht, während wir Alessandro und seine Brüder suchen«, sagt Adrian zu mir, sodass nur ich es verstehe. Ich nicke auf seine Antwort hin, woraufhin er aufsteht. »Ich muss kurz zu meinem Boss gehen, Miss, sie können mit Officer Crawford ein wenig plaudern, während ich weg bin«, sagt Adrian und verlässt den Raum.

Jetzt sitzen Sierra und ich allein im Befragungsraum.

»Also wissen sie überhaupt nichts Illegales über Alessandro Bellucci? Nicht mal ein kleines bisschen?«, frage ich sie, ganz direkt. Sie schüttelt hastig ihren Kopf.

»Nein Officer. Ich weiß leider nichts. Ich weiß nur, dass er sehr gewalttätig werden kann,

wenn etwas nicht so läuft wie er es will.«
Etwas anderes habe ich auch nicht erwartet.

»Wieso haben sie ihn nicht verlassen, bevor
es zu spät war? Wieso sind sie nicht zur
Polizei gekommen?«, frage ich sie in einer
ruhigen Stimme.

Ich fühle mich schuldig, für das, was ihr
widerfahren ist, denn ich hätte früher
bemerken sollen, dass ich die falschen in den
Knast geschickt habe. »Ich habe es versucht,
aber er hat mir gedroht, mich umzubringen,
und einmal hat er ... das ist egal, sie müssen
nur wissen, dass ich nicht von ihm freikam!«
Ihre Stimme ist zittrig, wodurch mein Herz
stehenbleibt.

Sie ist noch so jung und hat total viele
Schmerzen erlitten.

»Was hat er ihnen noch angetan? Ich
verspreche ihnen, sie können mir vertrauen.«
In ihren Augen bilden sich Tränen, die sie
nicht zurückhält. »Ich denke mal, sie wissen,
dass er mich oft vergewaltigt hat, aber was
ich bisher noch niemandem erzählt habe ...«

Ihre süße kleine Stimme bricht, und sie fängt stärker an zu weinen.

Erzähl mir, was er dir noch angetan hat, meine kleine Blume. Ich werde dich vor ihm beschützen. »Er wurde sauer, da ich Schluss machen wollte und er hat mich angefangen anzufassen. An Stellen, wo ich es nicht wollte. In dem Zeitpunkt war ich noch Jungfrau, denn ich hatte ihm am Anfang der Beziehung gesagt, dass ich auf die Ehe warten möchte, was er erstmals akzeptiert hatte. Auf jeden Fall sagte ich zu ihm, er solle aufhören mich anzufassen, und er schlug mir daraufhin ins Gesicht. Er bedrängte mich immer mehr und vergewaltigte mich dann im Wohnzimmer. Aus dem Nichts waren zwei weitere Männer anwesend gewesen, und sie haben mich dann zu dritt vergewaltigt.« O mein Gott!

Wie kann man nur so abartig sein, sowas einer Frau anzutun?

Ich habe gerade das Bedürfnis, diesen Wichser aufzuspüren und ihn mit meinen eigenen Händen umzubringen!

»Sierra, sie sind eine sehr starke Frau. Merken Sie sich das.« Sie lächelte mich an und sie hat wirklich das schönste Lächeln, das ich je gesehen habe.

Aber wieso haben drei Männer sie vergewaltigt?

Der eine war Alessandro, aber die anderen beiden?

Wer waren sie?

Moment Mal.

Es waren drei Männer!

Waren es vielleicht Giovanni und Antonio?

Es würde Sinn ergeben, denn sie sind genauso gestört wie Alessandro, dass ich sogar von ihnen erwarten würde, dass sie sowas tun würden.

Ich muss später mal mit Adrian darüber sprechen. Genau als ich vom Teufel dachte, betritt er den Befragungsraum und sieht mir dabei ernst in die Augen.

»Ich habe gute Neuigkeiten für sie, Miss Grey. Sie werden, bis wir Alessandro Bellucci und seine Brüder gefunden haben, unter vollzeitigem Schutz stehen. Ich habe gerade mit meinem Boss gesprochen und er sagte, dass sie so lange, bis ich und mein Team Alessandro und seine Brüder gefasst haben, bei Officer Crawford einziehen werden. Sie dürfen aber keinen mitnehmen, heißt Officer Crawford wird sich auch so lange um sie kümmern«, sagt Adrian in einem zu ruhigen Ton.

Will er die Bellucci Brüder ohne mich suchen, während ich auf Leibwächter tue?

Das kann er sich abschminken!

»Adrian, ich ...«

»Es ist ein Befehl!«, unterbrach er mich, woraufhin ich die Augen verdrehe.

»Officer Crawford wird sie morgen um 13 Uhr abholen. Sie dürfen jetzt wieder nachhause.«

Sierra nickt auf Adrians Worte hin, und Officer Anderson kommt wie gerufen in den Befragungsraum geschossen »Bis Morgen, Officer Crawford«, sagt sie und daraufhin bringt Officer Anderson Sierra aus dem Befragungsraum.

Als sie den Raum verlassen hatten, drehe ich mich zu Adrian und fange an, ihn zu fragen, was das solle.

»Adrian, du kannst doch nicht ohne mich Alessandro und die anderen fangen! Wieso soll ich ihr Bodyguard sein? Ich habe nichts dagegen, aber ich will dir helfen, die Mafiosos zu finden und wegzusperren!« Adrian fängt an zu grinsen und schüttelt den Kopf, als hätte ich den Verstand verloren.

»Kaden, du denkst nicht mit, kann das sein? Wenn Sierra in einem Frauenhaus lebt, kann Alessandro sie ganz leicht finden und sie sich holen. Aber wenn sie bei dir ist, muss er vorsichtiger sein mit seinen Plänen und wenn er doch versuchen sollte bei dir einzubrechen, um sie zu holen, ist er direkt bei dir und du kannst ihn dann eigenhändig wegsperren! Außerdem vertraue ich dir, dass du sie beschützen kannst« Shit. Daran hatte ich gar nicht nachgedacht.

Wenn er sie holen will, dann ist er gezwungen zu mir zu kommen und das ist die Chance, Alessandro hinter Gitter zu bringen.

»Adrian, du bist ein Genie!«, sage ich zu ihm. Dann werde ich wohl jetzt doch den Leibwächter spielen.

Kapitel 3

Kaden Crawford

Auf irgendeine Weise freue ich mich darauf, den netten Leibwächter zu spielen, aber ich darf nicht vergessen, wieso ich das mache.

Wenn Alessandro sie will, wird er hier auftauchen und ich werde ihn dann hinter Gitter bringen. Ich finde, Sierra ist eine strahlende Person und auch sehr hübsch, aber sie tut mir auch leid.

Immerhin hat Alessandro ihr das Tageslicht und die Fähigkeit zu gehen gestohlen.

Gestern, als sie mir gestanden hat, dass sie von Alessandro und zwei weiteren Männern vergewaltigt wurde, brach mir das Herz.

Wie kann man denn geil werden, wenn jemand so schwach vor einem ist? Spätestens wenn sie gesagt hätte, dass er aufhören solle, wäre mein Schwanz nicht mehr hart. Alessandro ekelt mich einfach nur an.

Die Zeit, während sie bei mir leben wird und ich mich um sie kümmern werde, werde ich sie wie eine Prinzessin behandeln.

Natürlich werde ich nebenbei auch noch Papierkram erledigen, aber ich werde sie nicht so behandeln, wie es ihr Ex-Wichser getan hat.

Gestern Abend, als ich nachhause kam, habe ich über Sierra recherchiert und herausgefunden, dass die Arme keine Familie hat.

Ihre Eltern sind in einem Autounfall ums Leben gekommen, und ihre Schwester ist an einem Herzinfarkt gestorben.

Na ja, und über ihren Ex muss ich schon gar nicht erst denken.

Momentan lebt sie in einem Frauenhaus und laut Adrian soll ich sie in einer Stunde abholen. Ich habe ihr heute Morgen das Gästezimmer vorbereitet und ich hoffe, sie wird sich bei mir wohlfühlen. Mein Handy fängt an zu klingeln, und ich gehe in die

Küche, um mein Handy von der Theke zu nehmen.

Ich schaue auf den Bildschirm und sehe, dass Adrian mich anruft.

Was will er denn schon wieder? Er hat mich heute bestimmt schon fünfmal angerufen. Ich drücke auf Annehmen und halte mir das Handy ans Ohr.

»Was gibt's, Adrian?« Er seufzt genervt, als hätte ich ihn fünfmal angerufen.

»Du weißt, dass Alessandro alles versuchen wird, um Sierra zu kriegen. Wenn du willst, kann ich ein paar Sicherheitsleute um dein Haus positionieren, damit euch beiden nichts passiert.« Seine Stimme klingt besorgt, was mich zum Grinsen bringt.

Ich muss zugeben, dass ich es süß finde, dass er sich Sorgen um mich macht. »Adrian, du musst dir keine Sorgen um mich machen. Du weißt doch, dass ich ein guter Schütze bin. Sierra wird nichts passieren, solange sie bei mir ist. Genauso wenig wird mir was passieren. Soll doch dieses Arschloch hier auftauchen, dann werde ich ihm seinen

Schwanz abhacken und ihn in seinen Rachen stecken! Danach werde ich ihn in den Knast bringen«, sage ich zu Adrian in einem strengen Ton. Adrian fängt an loszulachen und sagt dann:

»Kaden, wenn du seinen Schwanz von seinem Körper abtrennst und ihn daran ersticken lässt, wirst du zu hundert Prozent deine Zulassung verlieren und selbst im Knast landen. Aber hey, dann sind wenigstens Giovanni und Antonio deine Zellengenossen.« Sein Lachen wird lauter, woraufhin er mich ansteckt und ich mitlache.

»Du hast recht. Ich würde meine Zulassung verlieren und im Knast landen. Aber Alessandro hätte es verdient. Das kannst du auf keinen Fall abstreiten«, antworte ich ihm.

»Er hätte es verdient, trotzdem ist es gegen das Gesetz. Außerdem solltest du jetzt mal losfahren und Sierra abholen. Die Fahrt dorthin dauert schon eine halbe Stunde. Ruf mich an, wenn ihr wieder zu Hause seid. Kaden, pass auf dich auf.« Damit legt er auf und ich lege mein Handy weg.

Ich sollte jetzt wahrscheinlich los.

Ich gehe zu meiner Haustür, ziehe mir meine Schuhe und meine Jacke an und verlasse somit mein Haus.

Auf dem Weg zum Auto kommt mir ein komischer Gedanke.

Was wäre, wenn noch mehr Leute von Carlos frei herumlaufen, von denen wir nichts wissen?

Kapitel 4

Alessandro Bellucci

Oh, Sierra.

Meine kleine süße Sierra.

Ich habe dir doch gesagt, *du wirst mir nicht entkommen*.

Du denkst, weil du jetzt einen scheiß Bullen an deiner Seite hast, bist du vor mir sicher, aber ich kann dir garantieren, ich werde kommen.

Wenn ich dich in meine Finger kriege, werde ich dich foltern.

Dein erbärmliches Leben, noch mehr zerstören.

Du denkst, du kriegst ein Happy End?

Oh nein!

Das mit der Erblindung und dass du im Rollstuhl sitzt, war gerade mal der Anfang.

Genieße dein Leben noch solange du kannst.

Ich werde mich jetzt erstmal zurückziehen, aber bald bist du wieder bei mir.

Das schwöre ich dir!

Kapitel 5

Kaden Crawford

Ich halte vor dem Frauenhaus an und sehe Sierra mit der Frau, gegen die ich sie bei der Ampel vor zwei Tagen verteidigt hatte.

Das Frauenhaus an sich wirkt so, als sei es aus einem Horrorfilm. Alles ist dunkel und wirkt tot, und es ist gerade mal am helllichten Tag.

Es könnte eher als eine Irrenanstalt gelten, vom äußerlichen zumindest, aber vielleicht ist es ja drinnen schön eingerichtet.

An den Außenwänden macht sich Efeu ihren Weg bis ganz nach oben.

Ja, dieses Frauenhaus könnte wirklich aus einem Horrorfilm stammen. Ich steige vom Auto aus und gehe auf die beiden zu.

Ich hoffe, Sierra wird sich nicht unwohl in meiner Nähe fühlen. Es scheint, als sei sie in ihren Gedanken verloren, weswegen ich anfange, mit ihr zu sprechen.

»Ich hoffe doch, sie warten nicht schon zu lange auf mich hier draußen.« Sie lächelt auf meine Worte hin und schüttelt den Kopf. »Nein, wir sind auch erst eben aus dem Gebäude raus.« Das ist gut, dass sie nicht lange draußen in der Kälte steht, denn ich möchte nicht, dass sie krank wird.

Ich nehme die zwei Koffer, die am Boden sind, und ich packe sie in den Kofferraum. Danach gehe ich zu meinem Auto und mache die Beifahrertür auf und gehe dann wieder zu Sierra.

Ich hebe sie vom Rollstuhl, woraufhin sie lachend aufschreit.

»Was machen sie denn?«, sagt sie lächelnd, während ich sie zum Auto trage. »Ich bringe sie zum Auto, miss Sierra.« Sie lacht weiter, und ich setze sie auf den Beifahrersitz ab und schnalle sie an.

»Danke, Officer«, sagt sie belustigt.

O Gott, sie ist einfach wunderschön und ihr Lächeln ist einfach perfekt.

Inzwischen ist die Frau, die eben noch neben Sierra stand, verschwunden.

Wie höflich, sich nicht mal zu verabschieden.

Ich schließe die Autotür von Sierra und packe dann ihren Rollstuhl in den Kofferraum.

Daraufhin steige ich in den Fahrersitz ein und fahre auch schon los.

»Ich hoffe, sie werden sich bei mir wohlfühlen. Ich werde mit ihnen, während sie bei mir sind, ganz tolle Dinge unternehmen. Wir könnten zusammen backen oder ich könnte ihnen etwas vorlesen. Außerdem bin ich echt gut im Zuhören, also wenn sie einfach nur reden wollen, können wir das auch tun. Wir könnten auch einen Spa-Tag bei mir zu Hause machen, mit Masken und dem ganzen Zeug«, sagte ich, woraufhin sie schmunzelte.

»Das würden sie wirklich für mich tun?«, fragt sie mich ungläubig.

»Natürlich, wieso sollte ich es dann überhaupt vorschlagen? Ich bin ein Mann, der sein Wort hält. Außerdem werden sie aufhören, mich zu siezen und mich einfach nur Kaden nennen und nicht Officer Crawford.«

Da sie jetzt bei mir wohnen wird, kann sie mich auch einfach bei meinem Namen nennen. »Dann hörst *du* auch auf mich zu siezen und nennst mich Sierra und nicht miss«, antwortet sie auf meine Anforderung.

Gut, damit kann ich leben.

Ich biege auf die nächste Straße ab und gebe ein wenig mehr Gas.

»Wie alt bist du eigentlich?«, fragt sie mich und dreht ihren Kopf zu mir.

Anscheinend ist die kleine Blume ein neugieriges Ding. »Ich bin 29, also fünf Jahre älter als du.« Sie runzelt ihre Stirn und wirkt verwirrt.

»Woher weißt du, wie alt ich bin?« Das sind ihre Bedenken? »Sierra, ich bin ein Polizist. Ich sollte doch wohl wissen, wer bei mir einzieht und wie alt diese Person ist. Findest du nicht?« Sie nickt auf meine Worte hin und fängt an zu grinsen.

»Du hast dich also über mich erkundigt. Gut zu wissen. Aber mal eine andere Frage: Was machst du so in deiner Freizeit? Also, wenn du mal nicht arbeiten musst?«, fragt sie mich neugierig.

Natürlich habe ich mich über dich erkundigt, meine kleine Blume, denn bei einer Schönheit wie du möchte ich alles wissen, obwohl ich nur Trauriges bei dir gefunden habe.

»Da ich so gut wie keine Freizeit habe, mache ich nicht viel. Aber was ich gerne mache, ist es, Bücher zu lesen. Ich habe sogar bei mir zu Hause eine eigene Bibliothek mit über tausenden von Büchern. Ich liebe es auch, Serien anzuschauen. Meine Lieblingsserie ist Once Upon A Time – Es war einmal. Es geht um Disney Charaktere, aber neu erzählt und in unserer Welt. Es ist eher eine Serie für Teenager ab 14, aber die Serie ist echt gut«, erzähle ich ihr und sie sieht mich dabei gespannt an.

Lächelnd sagt sie dann: »Ich kenne die Serie und ich liebe sie auch, aber ich habe sie lange nicht mehr angeschaut, denn ich stecke in bestimmten Umständen, wo ich eben nicht sehen kann, wie du weißt. Aber was ich auch gerne getan habe, war es zu backen. Als du mir eben vorgeschlagen hast, dass wir bei dir backen, habe ich mich sehr darüber gefreut, denn ohne Hilfe ist es mir nicht mehr möglich.« Ihre Worte machen mich traurig, denn ich weiß, dass ihr sehr viel nicht mehr möglich ist.

Meine kleine Blume, ich verspreche dir, dass ich mit dir so viele schöne Dinge unternehmen werde, die du leider nicht mehr tun kannst.

Ich biege mit meinem Auto in die Einfahrt ein und fahre in die Garage.

Nachdem ich in der Garage geparkt habe, drehe ich mich zu Sierra und beginne zu sprechen.

»Wir sind jetzt da. Ich werde schnell deine Koffer in dein künftiges Zimmer bringen, danach komme ich dich holen und bringe dich ins Haus hinein.« Die kleine Blume nickt auf meine Worte hin, weswegen ich aussteige und hinters Auto gehe.

Ich öffne den Kofferraum und hole ihre beiden Koffer aus dem Auto und gehe Richtung Haustüre, schließe sie auf und gehe direkt ins Gästezimmer, was direkt gegenüber meinem Zimmer ist.

Ich stelle die Koffer neben dem weißen Kleiderschrank ab und mache mich wieder auf den Weg zum Auto.

Ich öffne die Beifahrertüre und schnalle Sierra vom Sitz ab und nehme sie in meine Arme und trage sie ins Haus hinein.

Sierra grinst um sich hin und klammert sich mit ihren Händen an mein graues Shirt. Im Haus angekommen, bringe ich sie ins

Wohnzimmer und lasse sie auf der Couch nieder.

»Ich hole deinen Rollstuhl schnell vom Wagen und dann können wir in Ruhe zusammen überlegen, was du gerne morgen machen möchtest«, sage ich zu ihr. »Okay und danke fürs Hereintragen, Kaden«, erwidert sie, was mich zum Lächeln bringt. Daraufhin verschwinde ich wieder in der Garage und hole ihren Rollstuhl.

Kapitel 6

Sierra Grey

3 Jahre zuvor

Der Tag an dem alles begann

Alessandro sitzt gereizt in seinem Büro und telefoniert mit jemanden auf Italienisch. »Fottuto figlio di puttana, ti ucciderò per la tua stupidità. Avevi un solo lavoro ed era nascondere la nostra merce, ma ora è tutto finito a causa tua! Se ti metto le mani addosso, che Dio ti aiuti, perché non avrò alcuna pietà!«, sagte er in einem aggressiven Ton.

Ich habe ihn noch nie so erlebt, aber wenn er so wütend ist, dann muss es einen guten Grund haben. Normalerweise ist Ale nicht wütend oder aggressiv.

Weder noch, er ist liebevoll und einfach ein Traummann.

Ich stehe vor Alessandros Büro und beobachte ihn heimlich und versuche zu verstehen, was er sagt, aber, da ich kein Italienisch kann, verstehe ich auch nichts.

Ale hatte mir am Anfang von unserer Beziehung erzählt, dass er als Teenager Italienisch gelernt hatte, da er die Sprache so sehr mochte.

Aber er hat mir nicht erzählt, dass er die Sprache so gut beherrscht.

»No Enzo, sapevi quali sarebbero state le conseguenze se mi avessi deluso! Goditi le ultime ore della tua vita, maledetto bastardo!« damit legt er den Anruf auf und warf vor Wut sein Handy gegen die Wand.

Ich zuckte wegen dieser urplötzlichen Geste von ihm und stieß dabei gegen den kleinen Tisch im Flur, wo eine Vase draufstand, die aber jetzt kaputt auf dem Boden zerstreut liegt.

Shit!

Er steht hastig von seinem Schreibtisch auf und kommt in meine Richtung.

Als er aus seinem Büro herauskam und mich sah, wirkte er noch wütender.

Ist er sauer auf mich, da ich gelauscht hatte? Da ich eh nichts verstanden habe, wäre es doch eigentlich nicht so schlimm.

»Was machst du hier? Hast du mein Gespräch belauscht!« Er greift nach meinem Arm und das ganz und gar nicht liebevoll. »Ja schon, aber ich habe doch gar nichts verstanden«, sagte ich zu ihm und blickte in seine meeresblauen Augen.

Er sieht mich abwertend an und dann schlägt er mir ins Gesicht, woraufhin ich zurückstolperte.

Er drückt mich jetzt gegen die Wand im Flur und zieht an meinen Haaren. Ich stöhnte vor Schmerzen und Tränen machen sich ihren Weg über meine Wange.

»Hat dir denn keiner beigebracht, dass es unhöflich ist, jemanden zu belauschen? Anscheinend haben deine Eltern eine scheiß

Job getan, bei deiner Erziehung!«, zischte er und schlägt ein weiteres Mal in mein Gesicht.

Wie kann er nur sowas sagen?

Er weiß doch, dass ich meine Eltern an einem Autounfall verloren habe, als ich vier war.

Er hat mich gerade geschlagen und es bricht mir das Herz.

Aber nicht nur seine Tat bricht mir das Herz, sondern noch mehr tun die Worte weh, die er gerade gesagt hat.

Er schlägt mir noch einmal ins Gesicht und sagt dann: »Siehst du, wozu du mich getrieben hast! Du solltest jetzt schlafen gehen, denn ich will dich heute nicht mehr sehen!« Er zieht mich an meinen Haaren und geht dabei in Richtung Schlafzimmer.

Er öffnet die Tür und wirft mich hinein.

Ich lande auf dem Boden und er schließt die Tür und verriegelt sie. Ich breche auf dem Boden zusammen und weine.

Ich weine Stunden lang, bis mir vor Erschöpfung der Schlaf überkommt.

Ich wache auf und blicke mich im Zimmer um.
Da ich gestern auf dem Boden eingeschlafen
bin, wundert es mich, dass ich in unserem
Bett liege. Hat Ale mich gestern ins Bett
gebracht? Ich drehe mich um und blicke
direkt in Alessandros blauen Augen.

»Mi amor, ich möchte mich für gestern
entschuldigen, für das, was ich getan und
gesagt habe. Ich weiß nicht, was in mich
gefahren ist, und ich hätte meine Wut nicht an
dir auslassen sollen. Tesoro bitte verzeihe
mir«, flüstert Ale mir zu und schaut mir tief in
die Augen.

Er wirkt nicht so aggressiv wie gestern,
sondern eher, als würde es ihm wirklich
leidtun. Ich sollte ihm eigentlich nicht
verzeihen, aber da ich wirklich die Reue in

seinen Augen sehe denke ich, dass ich ihm verzeihen werde.

»Ich verzeihe dir, aber versprich mir, dass du nie wieder Hand an mich legen wirst.«, sage ich und Ale nickt.

»Ich verspreche es.«

Kapitel 7

Sierra Grey

3 Jahre zuvor

Eine Woche nachdem alles begann

Ich überlege seit Tagen, wie ich am besten Alessandro sagen könnte, dass ich es mit ihm beenden will. Was wird er wohl antworten, wenn ich ihm gestehe, dass ich meine Gefühle für ihn verloren habe, an dem Tag, als er mich geschlagen hatte.
Ob er mir wieder weh tun wird?
Ich habe Angst, mit ihm darüber zu sprechen, und ich bin ehrlich, ich habe sogar darüber nachgedacht, nachts einfach zu verschwinden und einen Abschiedsbrief zu hinterlassen.

Aber so wie ich mich kenne, könnte ich nicht ohne ein letztes Gespräch mit ihm gehabt zu haben gehen.

Sollte er aber handgreiflich werden, dann weiß ich nicht, was ich tun soll. Alessandro ist zwar ein attraktiver Mann mit dunklen Haaren und meeresblauen Augen und er ist stinkreich, aber ich kann mit keinem Mann zusammen leben, der mir gegenüber seine Hand erhebt.

Seit letzter Woche habe ich Angst vor Ale.

So wie an dem Tag hatte ich ihn noch nie gesehen, denn er war immer so liebevoll, hatte immer ein mitfühlendes Herz.

Ich liebe ihn zwar immer noch, aber nicht mehr so wie damals. Dieser kurze Moment von letzter Woche hat meine Liebe für ihn vernichtet und nur ein kleines Stück übriggelassen.

Ale kommt ins Wohnzimmer herein und setzt sich zu mir auf die Couch.

Er drückt einen Kuss auf meine Schläfe und zieht mich zu sich und tut seinen Arm um mich. Da er gerade von der Arbeit kommt, hat er noch seinen schwarzen Anzug an. Alessandro arbeitet bei einer Millionen Firma, hier in Chicago, und er ist der CEO des Geschäftes.

Ich habe keine Ahnung, was das für eine Firma ist, aber ich habe trotzdem immer versucht, ihn zu unterstützen.

»Mi amor, wie war dein Tag?«, fragt er mich und schaut mir dabei in die Augen.

Ich setzte mir ein falsches Lächeln auf und lehne mich an ihn.

»Mein Tag war ganz gut und wie war dein Tag? Wie war die Arbeit?«, antworte ich ihm und Kuschel mich in seine Arme.

Ich habe keine Ahnung wie ich anfangen soll, ihm zu sagen, dass ich es beenden will. Gerade wirkt er gut gelaunt, deswegen will ich ihn erstmals nicht wütend machen, denn ich bin mir sicher, dass er wütend wird.

»Der Tag hätte besser laufen können, aber ich kann mich nicht beschweren. Auf der Arbeit ist wie immer einiges los, aber es läuft alles so wie ich es will.« Er zieht mein Gesicht zu seinem und küsst mich.

Ich erwidere seinen Kuss, und Alessandro zieht mich näher an sich heran.

Sollte ich lieber den Kuss unterbrechen und ihm sagen, was los ist?

Der Kuss wird immer inniger und er verlangt Einlass mit seiner Zunge, die ich ihm gewähre. Er kann hervorragend küssen.

Ich sollte mir aber schnell überlegen, wie ich dieses eine Gespräch mit ihm anfangen soll.

Ich hätte nie gedacht, dass ich mit Ale Schluss machen würde, aber er ist gewalttätig mir gegenüber gewesen und ich habe keine Garantie, dass er es nicht noch einmal tun würde. Ob er mich überhaupt liebt, ist da auch eine Frage.

Am Anfang unserer Beziehung bin ich mir ziemlich sicher, dass er mich geliebt hat, aber er ist seit vier Wochen so komisch und distanziert mir gegenüber.

Ich könnte anfangen mit: Ale ich denke es wäre besser, wenn wir getrennte Wege gehen.

Oder ich sage: Alessandro ich möchte mit dir Schluss machen.

Ja das könnte ich so sagen.

Alessandro zieht mich auf seinen Schoß und tut seine linke Hand auf meine Taille.

Der Kuss wird immer intensiver und ich vergrabe meine Hände in seinen Haaren und ziehe sein Gesicht näher an meins.

Das wäre wohl mein Abschiedskuss, also spiele ich so, als würde es mir auch gefallen.

Seine Hände wandern höher zu meinen Brüsten und er fing an sie zu berühren.

Fuck.

Ich sollte ihm sagen, dass ich das nicht will.

Ich versuche mich zurückzuziehen, um etwas zu sagen, doch Ale zieht mein Gesicht wieder zu seinem und steckt seine Zunge wieder in meinen Mund.

Wenigstens sind seine Hände nicht mehr auf meinen Brüsten.

Ich ziehe seine Haare nun fester und Ale stöhnt in meinen Mund. Er lächelt in den Kuss hinein und umgibt mich mit seinen Armen.

Ich muss gestehen, dass Alessandro göttlich küssen kann. Alessandro löst den Kuss und blickt mir mit seinen meeresblauen Augen in die meine.

»Was ist los Sierra? Ich merke doch, dass etwas nicht stimmt«, sagt er und streichelt mit seiner rechten Hand gefühlsvoll meine Wange.

Ale sieht mich abwartend an und ich überlege mir, was ich antworten könnte.

Soll ich ihm sagen, was mich bedrückt, oder soll ich ihm irgendeine Lüge auf den Tisch legen?

Ich habe höllische Angst, wie er reagieren wird, wenn ich mit der Sprache herausrücke.

Wird er es wohl verstehen?

Vielleicht sollte ich erstmals lügen, bevor ich ihm sage, dass ich ihn verlasse.

»Ich bin nur etwas müde, das ist alles«, antworte ich ihm und er legt seinen Kopf schief.

Merkt er, dass ich lüge?

Sein Blick, wirkt, als sei er in seine Gedanken versunken und als würde er versuchen zu erkennen, ob ich lüge oder nicht. Nun verhärtet sich sein Blick und er setzt sich aufrecht hin, und seine Hände an meiner Taille werden fester.

»Lüg mich nicht an Sierra! Was ist los?«, raunte er und ich senke meinen Blick, denn ich möchte ihm nicht in die Augen sehen, wenn ich ihm sage, dass ich es beende.

»Ich möchte Schluss machen.«

Jetzt ist es raus.

Anstatt das ich mich etwas entspannter fühle, fühle ich mich angespannter als vorher. Alessandro packt mein Gesicht und zieht es zu seinem und blickt mir nun wütend in die Augen.

»Was hast du gerade gesagt?«, fragt er mich und fängt an zu lachen, während der Druck seiner Hand an meinem Gesicht stärker wird.

»Ich habe gesagt, dass ich Schluss machen will«, wiederhole ich und sein Griff um mein Gesicht wird fester. Er hört auf zu lachen und zieht mein Gesicht so nah an seins, das nicht einmal ein Blatt dazwischen gepasst hätte.

»Du denkst, du kannst mich verlassen? Wie süß. Merk dir eins Sierra, du wirst mich niemals verlassen!«, erwidert er in einem strengen Ton.

»Weißt du, du hast mich gerade sehr mit deinen Wörtern enttäuscht und weißt du, was ich mit den Menschen mache, die mich enttäuschen?«, sagt er und schaut mich finster an.

»Ich bestrafe sie!«

Was meint er mit er bestraft die Menschen, die ihn enttäuschen?

Wird er mich wieder schlagen?

Sein Blick wird leichter, und er fängt an zu grinsen.

»Ale, was meinst du mit bestrafen?«, frage ich ihn und er beginnt zu Lachen.

Wieso lacht er denn jetzt!

Er macht mir Angst.

»Normalerweise bestrafe ich die Menschen, die mich enttäuschen, damit, dass ich sie foltere, sie töte oder sie auch einfach nur verprügle, aber bei dir habe ich etwas ganz Besonderes im Kopf.« Sein höhnisches Grinsen wird breiter und plötzlich schubst er mich von seinem Schoß auf die Couch und steigt über mich.

Was hat er vor?

Ein Schauer durchfährt mich, als er beginnt, meine Brüste zu berühren.

Er hat doch nicht vor, mich zu …

O Gott, dieses kranke Schwein würde es tun. Er würde mich vergewaltigen, nur um mir zu zeigen, wer der stärkere von uns beiden ist.

»Ale, bitte tu das nicht.« Meine Stimme klingt zittrig und Alessandros Hand wandert jetzt weiter runter.

Eine Träne verlässt mein Auge und Ale fängt sie auf, mit seiner Hand, während seine andere Hand ihren Weg weiter nach unten findet.

»Was soll ich nicht tun, Sierra?«, fragt er und tut so, als wüsste er nicht, was ich meine.

»Bitte vergewaltige mich nicht«, flehe ich ihn jetzt an.

Eine weitere Träne macht ihren Weg über meine Wange und Alessandros Lachen hallt durch das Zimmer.

»Wieso sollte ich auf dich hören? Ich nehme mir doch nur, was mir gehört!«

Er öffnet jetzt meine Hose und zieht sie mir aus. »Alessandro, stopp, hör auf! Bitte!«

Ich versuche mich dagegen zu wehren, denn er versucht mir jetzt meinen Pullover auszuziehen.

Er schlägt mir ins Gesicht und zieht mich an meinen Haaren näher an sich.

»Hör auf, dich zu wehren! Ich werde sowieso bekommen, was ich will!«, schreit er mich jetzt an.

Ich weine jetzt stärker und höre nicht auf, mich gegen ihn zu wehren.

Er wird meine Jungfräulichkeit nicht kriegen!

Ich kämpfe meinetwegen für immer, aber ich werde nicht aufhören zu versuchen mich vor ihm zu schützen.

Er schlägt mir wieder ins Gesicht und ich wimmere vor Schmerz.

»Ich sagte, du sollst aufhören dich zu wehren, sciattona!« Alessandro schlägt weiter auf mich ein und ich weine immer stärker.

Ich werde immer schwacher vom ganzen Wehren und er schafft es mir meinen Pullover auszuziehen.

Jetzt macht er sich an meinen BH und als auch der auf dem Boden liegt, zieht er mir meinen Slip aus.

»Hör auf bitte!«, schreie ich nun verheult.

Mein Herz schmerzt mir und ich kann kaum noch etwas sehen wegen der ganzen Tränen.

»Ich hätte, das schon vor einer langen Zeit tun sollen!« Ohne zu zögern, zieht er sich auch seine Klamotten aus und steigt über mich.

Ich fühle mich entblößt.

Er wird mir meine Ehre nehmen.

Das Einzige, was mir wichtig ist.

Wenn er mich vergewaltigt, wird er mich zerstören.

Er wird mich seelisch komplett zerstören und ich werde mein Leben lang daran leiden.

Alessandro platziert sich zwischen meinen Beine und stößt in mich hinein. Ich starre auf die Decke und lasse es geschehen.

Es ist zwecklos, wenn ich weiter dagegen ankämpfe, schließlich ist er schon zwischen meinen Beinen.

Er stöhnt laut auf und stößt ein weiteres Mal in mich hinein.

Schmerz durchzuckt mich durch meinen ganzen Körper und ich wimmere.

Gott bitte lass es aufhören.

Bitte verzeihe mir meine Sünde.

Ich will das Ganze nicht!

»Scheiße, bist du eng«, sagt Alessandro, während er immer schneller sich in mir bewegt. Seine Stöße werden härter und immer unachtsamer und ich stöhne vor Schmerzen.

Es wird aufhören. Rufe ich mir ins Gedächtnis und schluchze immer stärker.

Ich hätte einfach nachts verschwinden sollen, ohne etwas zu sagen. Wieso musste ich ihm sagen, dass ich es beenden will!

Wäre ich doch einfach abgehauen.

Sein Stöhnen wird immer lauter und seine Länge tut mir höllisch weh.

Meine ganze Kraft verlässt meinen Körper und ich weine um mich hin.

Es wird nicht enden.

Der Schmerz wird nie enden.

Nicht, wenn er in meiner Nähe ist.

Alessandro fängt an, meine rechte Brust zu massieren und nimmt meine Nippel zwischen seinen Zeige- und Mittelfinger.

Mit seiner anderen Hand drückt er meine Kehle und ich bemerke, dass ich weniger Luft bekomme.

Ich fühle mich eklig, beschmutzt und entehrt. Er hat mir meine Ehre und meine Würde gestohlen.

Alessandro rammt sich immer rücksichtsloser in mich hinein, bis er dann plötzlich stoppt. Ich spüre wie etwas in mir pulsiert und ich gehe davon aus, dass er gekommen ist. Er stöhnt auf, was mir die Bestätigung gibt.

Er zieht sich aus mir heraus und steht auf. Er säubert sich und zieht mich dann von der Couch und drückt mich auf meine Knie. Ich spüre, wie sein Sperma aus mir herausläuft, doch als ich aufstehen wollte, um mich sauberzumachen, drückt mich Ale wieder auf die Knie.

»Ich bin noch nicht fertig mit dir! Öffne deinen Mund!«, sagt er, doch ich verweigere mich.

»Ich sagte, du sollst deinen Mund öffnen!«, schreit er mich an und umgreift mein Kinn. Ich schließe meine Augen und öffne meinen Mund.

Ich kann nicht mehr.

Ich spüre otwas zwischen meinen Lippen und ich öffne meine Augen.

Es ist Alessandros Schwanz.

Er rammt seine Länge in meinen Mund und ich würge.

Mein Hals fängt an zu brennen und Tränen machten wieder ihren Weg aus meinen Augen. Ale zieht mich an meinen Haaren und drückt seine ganze Länge in meinen Rachen. Es tut einfach höllisch weh und ich versuche mich von ihm wegzudrücken, aber Ale drückt mich immer wieder zu seinem Schwanz.

Er stößt in mich hinein und wird immer schneller und härter.

Sein Stöhnen hallt durch den Raum, während ich immer wieder würgen muss. Es scheint, als würde er wieder kommen, denn er hielt inne und wer sagts denn.

Er ergießt sich in meinem Mund und legt seinen Kopf in den Nacken.

»Sei ein braves Mädchen und schluck alles herunter!«, sagt Ale und blickt mir finster in die Augen.

Ich tue, das, was er sagt, denn ich möchte nicht, dass er mir noch mehr wehtut.

Ich stehe auf und meine Beine zittern und schmerzen, wie die Hölle.

Ich verdecke meine Brüste mit meinen Armen, denn ich fühle mich entblößt.

Als ich mich anziehen wollte, sagte Ale: »Ich bin zwar fertig mit dir, aber das heißt nicht, dass du dich anziehen brauchst! Antonio Giovanni kommt rein!« schreit er und zwei Männer betreten den Raum.

»Macht, was ihr wollt, mit ihr. Wenn sie sich verweigert, tut ihr weh!«, sagt er und verlässt den Raum.

Die zwei Männer schauen sich grinsend an und kommen auf mich zu.

Das kann er doch nicht ernst meinen!

Die beiden werden mich auch vergewaltigen und ich weiß, dass ich dagegen nichts unternehmen kann.

Kapitel 8

Alessandro Bellucci

3 Jahre zuvor

Antonio, Giovanni und ich sitzen auf meiner Terrasse und trinken Whiskey.

»Ale, war sie wirklich bis eben noch eine Jungfrau?«, fragt Giovanni und grinst mich dabei an. Ich umkreise mein Glas in der Hand und blicke ihm in die Augen.

»Ja, das *war* sie«, antworte ich.

Mir entgeht ihr angsterfülltes Gesicht nicht aus den Augen, als ich sie gefickt habe.

Sie wollte das alles nicht, aber sie muss wissen, wo ihr Platz in diesem Haus ist, und dass sie niemals von mir wegkommt.

Ich weiß, wie wichtig ihr ihre Jungfräulichkeit war, aber ich bereue es nicht. Sie war so eng um meinen Schwanz, und ihre Pussy ist für mich gemacht.

Vielleicht war es eine Nummer zu viel, dass meine Brüder sie auch gefickt haben, aber die beiden sehen nicht so aus, als würden sie es bereuen.

Hätte ich sie doch nur früher durchgenommen, denn es war atemberaubend.

Schon beim Gedanken von vorhin werde ich wieder hart.

Sie hatte Schmerzen währenddessen, aber mich hat es nicht interessiert.

Schließlich ist sie nur ein Mittel zum Zweck.

Ich bin mit ihr nur in einer Beziehung, da ich ein Spielzeug brauchte, aber als sie mir sagte, dass sie bis zur Hochzeit warten möchte, habe ich nur zugestimmt, denn dann hätte ich jemanden für immer an meiner Seite, den ich kontrollieren könnte.

Aber als sie mich heute verlassen wollte, hätte ich sie am liebsten gegen die Wand gedonnert. Sierra ist eine hübsche Frau mit blondem Haar, grünen Augen und sie hat wunderschöne Kurven. Ich werde sie wahrscheinlich gleich wieder ficken, denn mein Schwanz platzt mir gleich aus der Hose, wenn ich an ihren makellosen Körper denke.

»Wie konntest du denn all die Monate eurer Beziehung ohne Sex überstehen?«, fragt mich jetzt Antonio.

»Es war leicht, denn ich habe währenddessen ihre beste Freundin geknallt.«

Kapitel 9

Kaden Crawford

»Kaden, beschreibe mir, wie du aussiehst. Ich würde gerne ein Bild vor Augen haben, wenn ich mit dir spreche«, sagt sie, woraufhin ich lächle.

Sie will also wissen, wie ich aussehe.

Wer bin ich, um ihr diese Bitte zu verweigern?

»Ich bin sehr groß, 1, 98 Meter, um genau zu sein. Meine Haarfarbe ist dunkelbraun und meine Haare sind ein wenig wellig. Meine Augenfarbe ist grün, aber kein helles Grün, sondern ein dunkleres, wie zum Beispiel ein Tannenbaum. Außerdem bin ich etwas muskulös, aber nicht zu sehr. Manchmal trage ich auch eine Brille, aber auch, nur wenn ich lese«, antworte ich ihr, was sie zum Lächeln bringt.

Ihr Lächeln ist einfach nur bezaubernd.

Eben hatte sie mir erzählt, dass sie gerne als Kind, mit ihrer Schwester, die Sterne beobachtet hat und da heute ein Meteoritenschauer zu sehen ist, habe ich vor, es mit ihr heute Abend anzusehen.

Ich würde ihr zwar die ganze Zeit sagen müssen, wenn eine Sternschnuppe zu sehen ist, aber das macht mir nichts aus.

Ich denke, sie wird sich darüber freuen.

Ich werde in ungefähr drei Stunden alles in meinem Garten vorbereiten, und zwar eine Decke auf dem Rasen, mit ein paar Snacks.

»Ähm Kaden, ich habe da mal eine Frage …«, sagt sie jetzt etwas schüchterner. »…Im Pflegeheim habe ich immer Hilfe gehabt beim Umziehen oder beim Duschen. Da ich aber ohne jemanden hier bin, wer wird mir ab jetzt helfen?« Die Frage ist ihr unangenehm, das kann ich ihr anmerken, aber die Frage ist berechtigt.

Da sie in meinem Haus leben wird, ist es für mich selbstverständlich, dass ich ihr helfen werde, aber es wirkt so, als schämt sie sich, weil sie diese Hilfe braucht.

Oder es liegt einfach nur daran, weil ich ein Mann bin.

Ja, daran könnte es eher liegen.

»Sierra, natürlich werde ich dir ab jetzt helfen. Ich weiß, dass es dir unangenehm ist, schließlich bin ich ein Mann, aber ich garantiere dir, ich werde nicht auf deinen Körper achten. Ich werde dir nur ins Gesicht schauen, denn ich möchte nicht, dass du dich unwohl fühlst«, entgegne ich und sie nickt auf meine Worte hin.

Ich hoffe, sie wird sich an mich gewöhnen.

Es ist schon dunkel geworden und ich habe alles im Garten vorbereitet. Auf der Decke sind viele kuschelige Kissen und kleine Schälchen mit Snacks und Obst drinnen. Ich denke, es wird ihr gefallen.

Vor zwei Stunden habe ich sie in ihr neues Zimmer gebracht und ihr geholfen, ihre Koffer auszupacken.

Was mich aber gewundert hat, ist, dass sie nichts Persönliches dabei hat.

Ich meine, sie hat nur Klamotten und Pflegeprodukte mitgebracht.

Sierra ist aber die herzlichste Person, die ich je kennengelernt habe.

Ich gehe in ihr Zimmer hinein und sehe sie auf dem Bett am Sitzen und an die Wand am Starren. Sie sieht süß aus, wenn sie in ihren Gedanken verloren ist.

Ich gehe auf sie zu und setze mich zu ihr.

»Sierra, ich habe eine kleine Überraschung«, sage ich zu ihr und sie dreht ihren Kopf in meine Richtung.

»Was denn für eine Überraschung?«, fragt sie mich und wirkt dabei sehr neugierig. Ich habe mir schon gedacht, dass die kleine Blume ein neugieriges Ding ist.

Ich stehe auf und gehe einmal ums Bett und nehme Sierra in meine Arme, weswegen sie lachend aufschreit.

»Kaden, bitte gewöhn dir an, mir zuerst zu sagen, wann du mich tragen willst. Somit wäre ich vorbereitet und würde nicht einfach weggezogen werden«, sagt sie und steckt mich an mit ihrem Lachen. »Na gut, dann warne ich dich ab jetzt im Voraus«, lüge ich, denn ich werde sie ganz sicher nicht vorwarnen, wenn ich ihr süßes Lachen hören kann, während ich sie einfach hochhebe.

Ich gehe mit ihr in den Garten hinaus und setzte sie ganz vorsichtig auf der Decke mit den ganzen Kissen ab.

»Wo sind wir?«, fragt sie, während ich mich zu ihr setze.

»Wir sitzen in meinem Garten auf einer Decke, mit ganz vielen Kissen und mit einigen Snacks.« Sie verengt ihre Augen und dreht ihren Kopf zu mir.

»Wieso?« Ich kann mir ein Lächeln nicht verkneifen auf ihre Verwirrung.

»Du hattest mir heute Mittag erzählt, dass du als Kind immer mit deiner Schwester die Sterne beobachtet hast und heute Abend soll es einen Meteoritenschauer geben und ich habe mir gedacht, ob wir ihn uns zusammen ansehen wollen. Ich werde dir natürlich sagen, wenn eine Sternschnuppe zu sehen ist, damit du dir was wünschen kannst«, entgegne ich ihr.

In ihren Augen bilden sich Tränen und eine macht sich ihren Weg über ihre Wange. Habe ich irgendetwas Falsches gesagt?

Vielleicht hatte ich das Ganze hier sein lassen sollen.

»Kaden, das ist das Süßeste, was je jemand für mich getan hat. Danke«, sagt sie und umarmt mich. Mein Herz schmerzt mir, immerhin ist das, was ich getan habe, nur eine Kleinigkeit.

Ich umarme sie zurück und lasse ihre Berührung auf mich einwirken.

Eigentlich bin ich kein Mensch für Umarmungen, aber bei ihr mache ich eine Ausnahme.

Sie löst sich als erstes von der Umarmung und schenkt mir eins ihrer bezauberten Lächeln. »Wieso tust du das Ganze? Ich meine, du könntest mich einfach in ein Zimmer sperren und solange tun, was du willst, anstatt mit mir Zeit zu verbringen.«

Wie kommt sie darauf, dass das ganze einen Grund hätte?

Ich mag es anderen eine Freude zu machen und wieso zum Teufel sollte ich sie irgendwo einsperren?

Hat Alessandro sie einfach in irgendwelche Räume gesperrt.

»Wieso sollte ich das Ganze denn nicht tun? Ich meine, wieso sollte ich dich einsperren, wenn ich doch Spaß mit dir haben kann. Oder bin ich so eine schlechte Gesellschaft?«, frage ich sie und sie schüttelt ihren Kopf hastig.

»Nein, du bist keine schlechte Gesellschaft. Es ist nur, ich bin es so ungewohnt, dass jemand mit mir Zeit verbringen will«, gesteht sie mir und blickt auf ihre Beine. »Sierra, kann ich dich etwas Persönliches fragen?« Sie nickt und ich beginne wieder zu sprechen.

»Wie ist es Blind zu sein? Du musst nicht antworten, wenn du diese Frage nicht beantworten willst.«

Ich möchte ihr mit dieser Frage nicht zu nahetreten, aber mich würde es mal Interessieren, wie es ist, blind zu sein.

»Also ich kann zwar nichts sehen, aber ich kann erkennen, wenn es draußen hell oder dunkel ist. Es fühlt sich komisch an, nichts sehen zu können, aber man gewöhnt sich irgendwann daran«, antwortet sie und legt ihren Kopf auf meine Schulter.

Ich könnte es mir nie vorstellen eines Tages nichts mehr sehen zu können, immerhin ist es schrecklich, wenn man nicht sehen kann.

Ich fände es richtig deprimierend.

Ob sie es vermisst in den klaren Himmel zu schauen?

Wahrscheinlich.

Ich schaue nach oben und sehe einige Sternschnuppen am Himmel.

»Sierra, wünsch dir schnell etwas. Über uns sind die Sternschnuppen zu sehen«, sage ich zu ihr und sie nickt.

Was sie sich wohl wünschen wird?

Ich wünsche mir, dass Adrian seine wahre Liebe findet, immerhin ist er schon 31, und ist immer noch nicht vergeben.

Er glaubt zwar nicht, dass er je heiraten wird, aber ich bin mir sicher, sobald er die richtige gefunden hat, wird er sie bestimmt heiraten. Ich hatte einmal gedacht, dass er seine Seelenverwandte getroffen hat, aber das war nur eine Geldgeile Schlampe, die auf sein Geld aus war und ihn auch noch mit neun Männern betrogen hatte.

Ich schaue zu Sierra, die ihren Kopf zum Himmel gehoben hat und sich wahrscheinlich gerade ihren Wunsch wünscht.

Was sie sich wohl wünscht? Ich beobachte sie weiter und sehe sie schmunzeln. Woran denkt sie gerade?

»Wieso starrst du mich an? Du solltest dir die Sternschnuppen lieber ansehen, immerhin sind sie viel schöner«, sagt sie lächelnd und dreht ihren Kopf zu mir.

Wie zur Hölle hat sie bemerkt, dass ich sie ansehe? Außerdem liegt sie falsch.

Meine Aussicht ist schon wunderschön, also wieso sollte ich dafür irgendwelche Sternschnuppen ansehen?

»Woher weißt du ...«, fange ich an zu sprechen, doch sie unterbricht mich.

»Ich spüre es, wenn jemand mich ansieht oder beobachtet. Das ist ein Vorteil für mich. Also verschwende bitte nicht die Zeit mich anzusehen, sondern nutze sie und betrachte den Himmel.«

Zeit verschwenden?

Gott, wie könnte es Zeit verschwenden sein so ein wunderschönes Wesen anzusehen.

»Sierra hast du eigentlich Freunde, die dich im Heim besucht haben?«, frage ich sie, weswegen sie ihren Kopf ein wenig hängen, lässt.

»Nein, denn ich habe gar keine Freunde. Aber ich hatte mal eine Freundin, die für mich alles bedeutet hat, aber dann habe ich herausgefunden, dass sie was mit Alessandro hatte und dass sie nur seinetwegen weiter mit mir befreundet blieb, da sie mich eigentlich in all den Jahren Freundschaft nur ausgenutzt hat.«

Wie kann man nur so rücksichtslos sein?

Also Alessandro hatte bisher noch nie meine Sympathie, aber immer, wenn Sierra mehr über Alessandro redet, hasse ich ihn noch mehr.

Außerdem, wie kann man nur so eine beschissene Freundin sein und eine Affäre mit dem Freund deiner Freundin haben?

Sierra hat in ihrem ganzen Leben nur Arschlöscher kennengelernt. Sie ist aber so eine liebevolle Person, deswegen kann ich nicht verstehen, dass sie keine anderen Freunde hat. »Ich kann dein Freund sein, wenn du willst?«, frage ich sie, woraufhin sie leicht lächelnd nickt.

»Ich würde dich gerne als meinen Freund haben.«

Kapitel 10

Kaden Crawford

»Ich würde dich gerne als meinen Freund haben.« Dieser Satz hat mein Herz erwärmt. Ich habe sie gefragt, ob sie möchte, dass ich ihr Freund bin, denn sie hat keine einzigen Freunde, und da ich auch nur Adrian habe, macht es mir nichts aus, noch eine Freundin zu haben.

Vor einer Stunde habe ich Sierra ins Bett gebracht, denn sie wurde, während wir im Garten saßen, müde.

Jetzt sitze ich in meinem Wohnzimmer und sehe mir ihre Akte an und schaue, ob ich vielleicht etwas über Alessandro finde, was ich noch nicht weiß.

Ich bezweifle zwar, dass ich etwas finde, aber da ich gerade sowieso nichts zu tun habe, schaue ich doch noch einmal in die Akte.

Ein lautes Klopfen an meiner Haustüre holt mich aus meinen Gedanken und ein mulmiges Gefühl macht sich in meinem Körper breit.

Ich versuche es einfach zu ignorieren, aber dann fängt es wieder an. Dieses Mal ist es ein aggressives Klopfen. Ich stehe auf und gehe so leise wie es geht in mein Zimmer und hole mir meine Dienstwaffe aus meinem Nachtschrank.

Ist Alessandro so dumm und taucht bei mir zu Hause auf?

Langsam gehe ich Richtung Haustüre und entsichere meine Waffe.

Das Klopfen wird lauter und hastiger.

Ich bleibe neben der Haustüre stehen, öffne sie ganz schnell und ziele mit meiner Waffe auf die Person, die sich dahinter verbirgt.

Doch es ist nicht die Person, die ich erwartet habe.

Es ist Adrian.

»Adrian, was machst du um diese Uhrzeit hier?«, frage ich ihn, denn wir haben schon Viertel nach zwei.

Ich trete einen Schritt zur Seite, damit er hereinkommt, und nehme die Waffe herunter. Mein Herz bebt schnell und eben hatte ich das Gefühl, dass es stehen geblieben ist.

Adrian geht ins Wohnzimmer und setzt sich auf die Couch.

Ich setzte mich gegenüber von ihm und Adrian starrte mich an, als hätte er einen Geist gesehen.

»Ich war eben auf der Wache und habe an dem Fall von Alessandro und seinen Brüdern gearbeitet und versucht herauszufinden, wo sie sich im Moment aufhalten könnten. Mein erster Gedanke war sein Haus, wo er damals mit Sierra gelebt hatte, und als ich die Adresse herausgefunden hatte, und mich auf dem Wegmachen wollte, kam Officer Anderson zu mir und meinte: ,,Du verschwendest deine Zeit, damit sie zu finden, denn wenn sie nicht gefunden werden wollen, werden sie auch nicht gefunden, also versuch es gar nicht." Ich glaube, er steckt mit ihnen unter einer Decke, denn welcher Polizist sagt einem anderen, dass er den Fall lieber aufgeben sollte?«, sagt Adrian, in einem hastigen Ton.

Adrian hat recht.

Wieso sollte Anderson Adrian raten, den Fall sausen zu lassen?

»Du solltest ihn besser im Auge behalten, denn man kann nie wissen, wer dein Freund oder dein Feind ist«, entgegne ich, worauf Adrian nur nickt.

»Wieso hast du eigentlich eben mit einer Waffe auf mich gezielt?«, fragt er mich.

Ich fange an zu lachen, dass er überhaupt fragt.

Welcher normale Mensch klopft wie verrückt bei seinem Freund mitten in der Nacht?

»Wieso ich auf dich gezielt habe? Verdammt, ich dachte, du bist Alessandro, schließlich hätte ich ja nicht daran gedacht, dass mein bester Freund mitten in der Nacht wie verrückt an meine Tür hämmert.« Jetzt lacht auch Adrian und schüttelt seinen Kopf.

»Wieso sollte Alessandro an deiner Tür klopfen, um Sierra zu holen? Dachtest du, er kommt zu dir und fragt dich ganz nett, ob du ihm Sierra aushändigen könntest?«, fragt er schmunzelnd.

Er hat zwar recht, aber man sollte alles erwarten von diesem Bastard.

»Wie läuft es bisher mit Sierra? Macht sie dir schon Probleme?«, fragt mich Adrian.

Ich blicke Gedanken verloren auf den Boden und muss wieder an Sierras Worte denken.

»Ich würde dich gerne als meinen Freund haben.«

Wieso bedeuten mir ihre Worte so viel?

Ich meine, ich kenne sie noch nicht einmal richtig.

»Kaden, hörst du mir überhaupt zu?«

Ich drehe meinen Kopf zu Adrian und entgegne nur: »Mit Sierra ist es ganz angenehm, und nein, sie macht keine Probleme. Um ehrlich zu sein, genieße ich es, mit ihr Zeit zu verbringen, denn sie ist süß.«

Adrian schaut mich jetzt grinsend an und schlägt mir auf die Schulter.

»Scheiße, du bist in sie verknallt«, sagt Adrian lachend.

»Ich bin nicht in sie verknallt, immerhin kenne ich sie nicht einmal«, antworte ich hastig.

Sierra hat sich zwar in meinem Kopf eingenistet, aber ich bin nicht in sie verknallt.

»Man muss sich nicht gut kennen, um sich zu verlieben. Außerdem erinnere ich mich noch an deine Blicke im Konferenzraum. Wie du sie betrachtet hast, als würdest du sie gleich einfach mitnehmen und nie wieder hergeben. Was denkst du, warum *du* den Leibwächter spielen musst? Weil ich endlich will, dass du nicht mehr allein bist.«

Ich bin doch nicht allein.

Ich habe immerhin ihn an meiner Seite.

»Rede dir weiter ein, dass du nichts von ihr willst, aber ich weiß, wenn mein bester Freund sich in jemanden verliebt hat«, sagt er und verlässt dann meine Wohnung.

Ich weiß noch, als ich Sierra das allererste Mal gesehen habe.

Das war vor drei Tagen an einer Ampel, und ich weiß, dass sie mir da den Kopf verdreht hatte. Aber kann man das verliebt nennen. Ich glaube nicht.

Aber auch wenn ich in sie verknallt wäre, könnte da nie etwas zwischen mir und Sierra passieren, denn ihre Seele ist gebrochen und sie würde sich wahrscheinlich nie wieder auf eine Beziehung einlassen, wegen Alessandro.

Kapitel 11

Alessandro Bellucci

»Diese dreckige Nutte denkt ernsthaft, dass sie bei einem Cop sicher ist? Scheiße, ist die Schlampe dumm«, sagt Giovanni lachend und trinkt einen Schluck von seinem Whiskey.

Ich bin seit ungefähr einem Monat wieder auf freiem Fuß und seitdem labern mich Giovanni und Antonio wegen dieser Hure voll.

Ich habe den beiden damals gesagt, als ich ins Gefängnis kam, dass sie noch nichts unternehmen sollen, denn immerhin will ich sie durch meine Hände leiden sehen.

»Ich hätte sie für schlauer gehalten«, entgegnet jetzt auch Antonio.

Gott, das Einzige, was ich am Gefängnis vermisse, ist meine Ruhe vor den beiden.

Das hindert mich aber nicht daran, Rache an Sierra auszuüben.

Da Antonio Kontakte beim CPD hat, wurde uns schnell mitgeteilt, dass Sierra den Schutz von einem sogenannten Officer Crawford hat. Vor drei Jahren hatte ich mir im Knast genau ausgemalt, wie ich ihr Leben zerstören könnte. Und nach all den Jahren habe ich vor, diese Tat umzusetzen.

Antonio und Gio überlegen sich zwar im Moment einen Racheplan, aber was sie nicht wissen, ist, dass ich schon einen habe.

Anderson betritt den Stripclub und kommt zu uns an die Bar.

Ich kann den Typen zwar nicht ausstehen, aber er hat uns bisher mit seinen Informationen, die er uns übermittelt hat, nicht enttäuscht.

»Don Bellucci, ich komme, um ihnen mitteilen zu wollen, dass Sergeant Kane herausgefunden hat, wo sie drei momentan leben. Sie sollten sich dort nicht mehr aufhalten und auch nicht in der Nähe«, sagt Anderson mit einer zittrigen Stimme.

Seit mein Vater und seine Leute im Gefängnis gelandet sind, habe ich die Mafia übernommen, weswegen ich seitdem *Don Bellucci* genannt werde.

Ich sehe ihn nur desinteressiert an, immerhin habe ich tausend andere Häuser und Villen, wo ich leben kann.

»Dieser Sergeant Kane, war das der gleiche, der meinen Vater hinters Gitter gebracht hat?«, fragt Giovanni Anderson.

Das würde mich mal auch interessieren.

»Nein, der Mann, der euren Vater ins Gefängnis gebracht hat, war Officer Crawford. Sergeant Kane war nur im Fall mitbeteiligt«, antwortet Anderson.

Dieser Officer Crawford hat nicht nur die Obhut von Sierra, sondern ist auch der Mann, der dafür verantwortlich war, dass die Mafia und unser Imperium fast zerstört wurden. Dann sollte ich ihn nicht nur foltern, weil er Sierra hilft, sondern weil er auch damals vor fünf Jahren in der ganzen Sache beteiligt war!

»Wenn du nichts mehr zu sagen hast, kannst du gehen«, sage ich zu Anderson.

Ich winke Daisy zu mir herüber, denn ich brauche jetzt jemanden unter mir.

Sie kommt grinsend zu mir und setzt sich auf meinen Schoß. Sie ist eine hübsche Blondine und hat einen geilen Körper.

Sie trägt einen roten BH, mit Perlen dran gestickt, was ihre großen Brüste definiert. mit einem passenden knappen Unterteil.

»Don Bellucci, was kann ich für sie tun?«, fragt sie mich und beißt sich dabei auf die Unterlippe.

Sie weiß, was mir gefällt.

Ich wickle mir eine ihrer blonden Strähnen um die Finger und flüstere in ihr Ohr:

»La mia bella, wieso zeigst du mir nicht, was du so Schönes mit deinem Mund anstellen kannst. Wärst du so nett?« Sie grinst auf meine Worte hin und steht von meinem Schoß auf und zieht mich in einen Raum, abseits von dem Hauptzimmer, wo die ganzen Strippole sind.

Die Wände des Raumes sind rot und in der Mitte des Raumes ist eine Stripstange.

Vor ihr ist eine kleine Couch, die die gleiche Farbe hat wie die Wand.

Ich setze mich auf die Couch und beobachte, was sie tut. »Zieh dich aus und Strip für mich«, befehle ich ihr, was sie auch sofort tut.

Zuerst streift sie sich ihren BH ab und dann folgt ihr passendes Unterteil.

Jetzt steht sie nackt vor mir, nur in ihren High Heels und geht auf die Stange neben sich zu.

Sie schlängelt sich mit ihrem makellosen Körper an der Stange, und ich spüre, wie ich hart werde. Jetzt reibt sie sich an der Stange und ich stöhne gequält auf.

Scheiß auf einen Striptease, mein Schwanz platzt mir gleich.

»Beweg deinen süßen Hintern hier her und zeig mir, was deine hübschen Lippen alles machen können«, sage ich zu ihr, und sie folgt meinem Befehl.

Sie öffnet meine Hose und zieht sie nach unten.

Danach macht sie sich an meine Boxer und entblößt meine Länge.

Sie geht auf ihre Knie und nimmt meinen Schwanz in ihre zärtlichen Hände.

Dann leckt sie über meine Spitze, weswegen ich aufstöhne.

Fuck!

Sie fängt jetzt an meiner Spitze zu saugen und dann fängt sie an, meinen prallen Schwanz tiefer mit ihrem Mund aufzunehmen.

Die Kleine weiß definitiv, was sie tut.

Sie wird ein wenig schneller und greift sich zwischen die Beine.

Ich ziehe ihre Hand von ihrer Mitte weg und sehe sie böse an.

»Um dich kümmere ich mich gleich, mia bella«, zische ich.

Ich greife nach ihren Haaren und drücke meinen Schwanz noch tiefer in ihren Rachen.

Dann ziehe ich sie wieder auf ihre Beine, stehe auf und schubse sie auf die Couch.

Ich steige über sie, spreize ihre Beine und dringe ohne Vorwarnung in sie hinein.

Sie schreit auf, doch es interessiert mich nicht, ob ich ihr wehtun könnte, immerhin ist sie eine Frau und Frauen sind nur zum Ficken gut.

Ich stoße wieder in sie hinein, nur härter.

»Fuck, Ale!«, stöhnt sie und legt ihren Kopf in den Nacken.

Ihre Brüste hüpfen rauf und runter bei jedem Stoß und das macht mich noch geiler. Ich küsse ihre linke Brust und sauge dann an ihrem harten Nippel.

Mit meiner Hand fasse ich ihre andere Brust an und nehme ihre Nippel zwischen Zeige und Mittelfinger.

Fanculo, ist sie eng.

Ihr Stöhnen ist so laut, dass ich mir sicher bin, dass man es sogar außerhalb des Raumes hören kann. Ich Stoße tiefer in sie ein und stimuliere mit meiner freien Hand ihr Klit.

»Gefällt dir, das, was ich mit dir mache, mia bella?«, frage ich sie, woraufhin sie nickt.

Natürlich gefällt es ihr, immerhin hat es ihr bestimmt niemand so gut besorgt wie ich. Ich bin mir sicher, sie wird morgen nicht mehr laufen können.

»Gott, ja!«, stöhnt sie, was mir die Genugtuung gibt.

Ich versuche mich zwar gerade von Sierra abzulenken, aber mein Gedanke rutscht wieder zu ihr.

Diese verdammte Schlampe!

Ich stoße härter in Daisys Pussy hinein, doch das scheint sie nicht zu stören. Ganz im Gegenteil, es gefällt ihr.

Ich kann es kaum erwarten, Sierra so unter mir zu haben. Sie wird mich anbetteln, dass ich langsamer werde, doch ich werde nicht darauf hören.

Ich werde sie so hart ficken, dass sie sich nicht mal mehr an ihren eigenen Namen erinnern wird.

Oh Sierra, du solltest lieber Acht geben, denn wenn ich dich finde, werde ich nicht gnädig mit dir sein! Du hast mich schließlich drei Jahre meines Lebens gekostet!

»Ale, bitte ...«, stöhnt Daisy gequält. Die kleine möchte wohl kommen, aber so leicht mache ich es ihr nicht.

»Bitte was? Du musst mir sagen, was du von mir möchtest, mia bella«, sage ich zu ihr und erhöhe mein Tempo.

Dio, ich liebe es, mit Menschen zu spielen.

»Bitte ... bitte lass mich kommen«, fleht sie mich an. Wie süß, aber Betteln wird ihr nichts bringen. Sie wird erst kommen, wenn ich es will.

»Ich verbiete es dir zu kommen, bevor ich es dir gesagt habe. Ist das klar?«, sage ich in einem strengen Tonfall. Sie schüttelt hastig den Kopf.

Denkt sie, sie kann sich mir widersetzen?

Frauen sind wirklich alle gleich dumm.

Ich ziehe sie an den Haaren näher an mein Gesicht und ich flüstere ihr in ihr Ohr:

»Du wirst erst kommen, wenn ich es dir sage! Solltest du kommen ohne, dass ich es dir befohlen habe, wirst du von mir bestraft und das wird nichts so toll für dich werden.«

Ich lasse ihre Haare los und erhöhe mein Tempo.

Sie sieht gequält aus, aber das interessiert mich nicht.

Es geht mir immerhin um meine Freude, nicht um ihre.

Doch, was ich liebe, ist es Menschen zu quälen, weswegen ich meine Hand von ihren Brüsten herunterfahren lasse, über ihren Bauch, bis zu ihrer empfindlichsten Stelle.

Sie stöhnt auf und legt ihren Kopf in den Nacken, was mir die Genugtuung gibt.

Ich merke, dass sie so kurz davor ist zu kommen, aber wenn ich sie kommen lasse, ist es doch nicht mehr spannend.

»Ale, bitte!«, stöhnt sie mit Tränen in den Augen.

Langsam nervt sie mich.

Sie hat mich schon dreimal bei meinem Vornamen genannt, als hätte sie das Recht dazu.

»Für dich, heiße ich, Don Bellucci!«, zische ich und greife um ihre Kehle

Sie schnappt nach Luft und schaut mir dringlich in die Augen.

Plötzlich drehe ich sie um, sodass sie mit dem Oberkörper auf die Couch gepresst ist und mir ihren zuckersüßen Hintern entgegenstreckt.

Schon viel besser.

Ich dringe jetzt von hinten in sie ein und stöhne dabei auf.

Rücksichtslos ramme ich mich weiter in sie hinein.

Sie klammert sich an die Lehne der Couch fest und beißt in ein Kissen hinein, um ihre Laute zu mindern.

Falls sie glaubt, dass man sie nicht mehr hören kann, dann liegt sie sehr falsch.

Ich spüre, wie sich der Orgasmus in mir aufbaut, woraufhin ich mein Tempo erhöhe.

»Wer fickt dich? Wer fickt dich so hart, dass du flehst zu kommen?«, flüstere ich in ihr Ohr.

»Alessandro! Alessandro Bellucci!«, stöhnt sie laut.

Genau das, was ich hören wollte.

Mit einem letzten Stoß komme ich in ihr und lege meinen Kopf in den Nacken.

Fuck, war das gut!

Ich ziehe mich aus ihr heraus und stehe auf.

Auf dem kleinen Glastisch neben der Couch, sind Tücher, die ich mir nehmen und anfange mich zu säubern.

Dio, ich sollte Antonio sagen, dass ich seine Nutte gefickt habe.

Ich ziehe mir wieder meine Boxer an und dann meine Hose. Daraufhin stecke ich mein Hemd in die Hose und gehe Richtung Tür.

»Don Bellucci, sie wollten mich noch kommen lassen«, sagt Daisy genervt.

Ich drehe mich grinsend zu ihr um und schüttle den Kopf.

»Ich habe gelogen.«

Kapitel 12

Nachdem gestern Abend Adrian gegangen war, habe ich nochmal an seine Worte gedacht.

»Man muss sich nicht gut kennen, um sich zu verlieben.«

Er hat recht. Man muss sich nicht kennen. Trotzdem bin ich mir sicher, dass ich nicht in Sierra verliebt bin.

Sie ist zwar wunderschön, wie der Sonnenaufgang, an einem warmen Sommermorgen, aber sie ist auch so zerbrechlich wie eine kleine Blume.

Ich *kann* mich nicht in sie verlieben.

Ich *darf* mich nicht in sie verlieben!

Sie würde meinetwegen nur noch mehr kaputtgehen.

Ich betrete Sierras Zimmer und sehe sie noch am Schlafen. Sie sieht so friedlich aus, während sie schläft.

Süß.

Ich gehe zu ihrem Kleiderschrank und nehme ein langes hellblaues Kleid, mit einem leichten Ausschnitt und weißen Sonnenblumen auf dem ganzen Kleid verteilt hat. Dazu nehme ich einen Slip und einen BH, die die passende Farbe zum Kleid haben.

Ich lege die Klamotten auf den Bettrand und gehe zu Sierra, um sie aufzuwecken. »Sierra, du solltest langsam mal wach werden. Es ist schon ziemlich spät«, sage ich leise.

»Lass mich schlafen, Kaden«, brummt sie und dreht ihren Kopf zur anderen Seite. Falls sie denkt, dass ich mich geschlagen gebe, dann liegt sie sehr falsch. »Schade, mit wem soll ich denn jetzt Muffins backen?« Sie setzt sich jetzt hellwach hin und lächelt mich an.

Ich wusste, dass ich sie so wach bekommen werde. »Aber zuerst muss ich dich in anständige Klamotten stecken«, sage ich. Sie verzieht nur ihr Gesicht, wie ein kleines Kind, was mich zum Schmunzeln bringt.

Sie setzt sich an den Bettrand, und ich stelle mich direkt vor sie. »Arme hoch«, befehle ich in einem sanften Ton. Sie hebt ihre Arme hoch, somit kann ich ihr Oberteil ausziehen. Ich ziehe es ihr über den Kopf und sehe dann, dass sie darunter nichts anhat.

Fuck!

Sie sitzt Oberkörperfrei vor mir und ich kann meinen Blick einfach nicht von ihrem Körper abwenden. Sie hat volle pralle Brüste, die die perfekte Größe haben.

Ihre Nippel sind hart, das kann ich von hier aus schon erkennen. Ich habe ihr zwar versprochen, dass ich ihr nur ins Gesicht schauen werde, aber ich kann nicht anders.

Sie sieht einfach wunderschön aus. Ich nehme mir ihren BH, den ich eben aus ihrem Schrank genommen habe und ziehe ihn ihr an.

Ihre Brüste kommen noch mehr zur Geltung, wegen des BHs, der ihr wie angegossen passt.

Scheiße, ich bin jetzt nicht wirklich, nur durch diesen Anblick hart geworden.

Ich mache mich jetzt an ihre Pyjamahose und ziehe sie langsam und vorsichtig herunter. Sie landet neben dem Oberteil auf dem Boden. Jetzt mache ich mich an ihren Slip, der jetzt auch auf dem Boden liegt.

Ich merke, dass es ihr sehr unangenehm ist, so entblößt vor mir zu sitzen, deswegen, ziehe ich ihr den frischen Slip an, während ich ihr ins Gesicht schaue. Ich möchte nicht, dass sie beschämt ist, deswegen halte ich jetzt mein Versprechen.

»Arme hoch«, befehle ich wieder und sie gehorcht, ohne zu zögern.

Ich ziehe ihr das Kleid über den Kopf und ziehe ich sie auf die Beine, und halte sie ganz fest in meinen Armen, damit sie nicht umfallen kann.

Ich richte, das Kleid an ihrem Körper, während ich sie ganz fest in meinen Armen halte und sie dann auf ihren Rollstuhl absetzte. »Danke«, murmelt sie, was mich zum Lächeln bringt.

Ich bringe sie ins Badezimmer und stelle sie vor dem Waschbecken ab.

»Erst, werde ich dir eine schöne Frisur zaubern, und dann werden wir zusammen deine Zähne putzen. Also welche Frisur wünschst du dir?«, frage ich sie.

Sie überlegt kurz, was sie antworten soll, und sagt dann: »Könntest du mir meine Haare flechten?«

Ich habe es damals ein paarmal bei Adrians kleinen Schwester Emory gemacht, also müsste ich das hinbekommen.

Um mein Handgelenk tue ich ihr Haargummi und fange an ihre Haare zu flechten.

»Wie hast du geschlafen?«, frage ich sie und betrachte sie vom Spiegel aus. »Ich habe noch nie in meinem Leben in so einem weichen Bett geschlafen. Es war perfekt«, antwortet sie lächelnd.

»Wie hast du geschlafen?«, fragt sie nun mich ganz neugierig. Ich habe zwar kaum ein Auge zu bekommen, aber, dass muss sie nicht wissen. »Ich habe ganz gut geschlafen.«

Sie nickt auf meine Worte hin und da bin ich schon fertig mit ihrem geflochtenen Haar.

Es steht ihr.

Ich nehme mir ihre Zahnbürste und tue etwas Zahnpasta darauf. Ich feuchte es etwas mit Wasser an und drehe mich zu Sierra.

»Öffne deinen Mund. Ich putze dir jetzt deine Zähne.« Ohne was zu sagen, öffnet sie ihren Mund, und ich fange ganz vorsichtig an, ihre Zähne zu putzen.

Ich könnte mir schon, ein Leben mit ihr Vorstellen.

Wahrscheinlich würde ich sie nie wieder hergeben.

Ich betrachte ihr Gesicht und kann nicht anders als zu grinsen. Sie ist vernarbt, aber trotzdem ist sie das Schönste, was ich je gesehen habe.

Als ich fertig bin, mit dem Zähneputzen, wäscht sie sich ihren Mund beim Waschbecken ab und bringe sie in die Küche.

Meine Küche ist groß.

Sehr groß, um genau zu sein.

»Möchtest du zuerst frühstücken oder willst du direkt backen?«, frage ich sie.

»Wir sollten zuerst etwas Frühstücken und dann backen«, antwortet sie entschlossen.

Nach dem Frühstück hole ich die Utensilien zum Backen hervor und stelle sie auf die Ablage auf der Kücheninsel ab.

Ich habe Sierra direkt zwischen meinen Armen und sie steht mit dem Rücken zu mir. Ich halte sie gut fest, damit sie nicht herunterfallen kann, aber das ist eigentlich unmöglich, denn vor ihr ist die Kücheninsel, hinter ihr bin ich und um sie herum sind meine Arme.

»Was für Muffins backen wir?«, fragt sie mich ganz aufgeregt.

»Ich habe an Red Velvet Muffins gedacht. Aber wenn du was anderes backen willst, können wir ...« »Red Velvet Muffins klingen gut«, unterbricht sie mich.

Ich stelle eine Schüssel auf den Tresen und gebe ihr eine kleine Schale, wo Butter drinnen ist.

»Als allererstes müssen wir Butter, Zucker und den Bourbon-Vanillezucker zusammenmischen. Ich gebe dir die Utensilien und du tust sie dann in die Schüssel vor dir, wo alles vermischt wird.«, sie nickt und ich halte ihr die Schüssel hin, wo sie anschließend die Butter hineintut.

Danach gebe ich ihr die Menge Zucker, die wir brauchen, und den Bourbon-Vanillezucker, den auch in die Schale kippt.

»Jetzt müssen wir alles verrühren«, entgegne ich und gebe ihr einen Schneebesen.

»Ich helfe dir dabei«, sage ich woraufhin sie nickt.

Ich lege meine Hand um ihre und führe sie zu der Schüssel und zusammen verrühren wir alles. »Kaden, danke, dass du mir hilfst. Ich danke dir einfach für alles, was du bisher getan hast. Einfach nur Danke«, sagt sie und mein Herz erwärmt sich.

Ihr Blumenduft steigt mir in die Nase, und ich wünschte, ich könnte mein Gesicht in ihrem Hals vergraben.

Bevor wir angefangen haben, habe ich schon mal den Offen angeschaltet, damit der schon einmal vorheizen kann.

Ich habe auch schon das Muffinblech mit Muffinförmchen belegt, damit wir, wenn wir fertig sind, nur die Förmchen befüllen müssen. Neben der Teigschüssel ist auch eine leere Schüssel, die wir jetzt benutzen müssen.

Ich stelle die Schüssel mit dem Teig beiseite und ziehe die leere Schüssel vor Sierra.

Ich gebe Sierra nun Mehl, Kakaopulver und Backpulver, die sie nach und nach in die leere Schüssel hineinkippt.

Danach tue ich eine Prise Salz hinein und wir fangen wieder an, alles zu verrühren.

»Sierra, rühr du weiter, während ich den Teig langsam in die Schüssel hineingebe«, sage ich.

Während sie weiterrührt, gebe ich den Teig nach und nach in die Schüssel.

Als der ganze Teig in der Schüssel ist, helfe ich Sierra wieder mit dem Vermischen.

Als wir fertig sind mit dem Vermischen der ganzen Utensilien, nehme ich die Schüssel und gebe sie in die Förmchen hinein.

Danach hebe ich Sierra hoch und setze sie in ihren Rollstuhl, damit ich die Muffins in den Ofen hineinschieben kann.

»Kaden, ich habe dir gesagt, du sollst mich nicht ohne Vorwarnung hochheben«, sagt sie lachend.

Ich ignoriere Ihren Kommentar und beginne zu sprechen.

»Die Muffins sind jetzt im Offen. Während die Muffins gleich abkühlen, machen wir uns an das Frosting.«

Ich hole die Muffins aus dem Offen und lege sie zum abkühlen auf die Ablage der Kücheninsel. Sierra ist eben wieder eingeschlafen, während wir auf die Muffins gewartet haben, und als ich versucht habe, sie aufzuwecken, hat sie mich ignoriert.

Gott, diese Frau hat mir den Kopf verdreht.

Ich mache mich an das Frosting und beginne, weiße Schokolade schmelzen zu lassen.

Ob Sierra und ich zusammenpassen würden.

Ich glaube, ich sollte sie zu meinem machen.

Ich würde sie auf jeden Fall glücklich machen, nicht wie der Bastard Alessandro.

Als die Schokolade flüssig ist, lasse ich sie etwas abkühlen und beginne die Butter cremig zu schlagen und vermische es dann mit Frischkäse.

Nachdem alles gut verrührt ist, mische ich die weiße Schokolade mit hinzu, und gebe sie in einen Spritzbeutel und dekoriere damit die Muffins.

Ich hoffe, sie werden Sierra schmecken.

Dieses Rezept hatte mir meine Großmutter, als ich ein kleines Kind war, beigebracht und seitdem habe ich nie aufgehört Red Velvet Muffins anders zu backen.

Als ich alle Muffins mit der Creme dekoriert habe, mache ich mich an den Abwasch und hoffe, dass Sierra jeden Moment wieder aufwachen würde.

Kapitel 13

Kaden Crawford

Mittlerweile ist es schon Mitternacht und ich stehe unter der Dusche. Sierra ist eine halbe Stunde, nachdem ich mit den Muffins fertig war, aufgewacht und als sie einen Muffin probiert hat, hat sie gesagt, dass es der beste Muffin in ihrem ganzen Leben war.

Mein Gefühl sagt mir, dass sie das nur gesagt hat, um meine Gefühle nicht zu verletzen, denn ich bin nicht überaus gut im Backen.

Meine Gedanken schweifen wieder an den heutigen Morgen.

Ich kann nicht leugnen, dass mir der Anblick von ihrem nackten Körper nicht gefallen hätte.

Schon wenn ich daran zurückdenke, spüre ich, wie mein Schwanz hart wird.

Ich sollte nicht so über sie denken.

Aber ich kann nicht anders.

Sie macht irgendetwas mit mir, schon nur die Art wie sie lächelt.

Ich will sie.

Ich kann es einfach nicht mehr leugnen.

Wir kennen uns zwar nicht lange, aber sie bedeutet mir etwas.

Ich will sie zu meinem machen.

Vielleicht hat Adrian recht.

Ich habe mich in sie verliebt.

Es klingt zwar lächerlich, aber es ist die Wahrheit.

Ich werde alles versuchen, damit sie sich in mich verliebt.

Und ich schwöre bei allem, was mir lieb ist, dass ich sie glücklich machen werde.

Kapitel 14

Kaden Crawford

Ich drehe mich zur anderen Seite meines Bettes, doch es bringt nichts.

Sie ist in meinem Kopf und wenn ich versuche, sie zu verdrängen, muss ich noch mehr an sie denken.

Wie soll das nur weitergehen?

Sie wird wahrscheinlich noch Monate bei mir wohnen und es wäre gelogen, wenn ich behaupten würde, dass es mir keine Angst macht.

Ich habe Angst, sie zu verletzen.

Ein lauter Schrei ertönt durch den Flur und er kommt aus Sierras Zimmer. Ohne lange zu überlegen, springe ich aus meinem Bett und renne zu ihrem Zimmer.

Den ersten Gedanken, den ich kriege:

Ist Alessandro bei ihr?

Ich reiße ihre Tür auf und sehe sie in ihrem Bett herumwälzen. Langsam gehe ich auf sie zu und bemerke, dass sie noch schläft.

Ich glaube, sie hat einen Albtraum.

Sie ist verschwitzt und wirkt panisch.

»Nein! Hör auf! Ale bitte!«, schreit sie verängstigt. Vorsichtig setzte ich mich zu ihr ins Bett und ziehe sie in meine Arme.

»Sierra, beruhige dich, er ist nicht hier«, flüstere ich.

Sie wird nicht nur im echten Leben von ihm heimgesucht, sondern auch in ihren Träumen. Ich verziehe mein Gesicht schon an bei den Gedanken an Alessandro.

Sierra, meine kleine Blume, ich verspreche dir, er wird dir nie wieder etwas antun.

Schluchzen ertönt den Raum und ich blicke auf sie hinunter.

Sie weint.

Meine kleine Blume weint.

»Ich bin hier. Ich bin hier bei dir. Beruhige dich.«

Ich spüre, wie sie sich an mich klammert und an meiner Brust weint.

Sie zittert förmlich.

Ich streichle ihr durch die Haare, damit sie sich ein wenig beruhigt.

Sie zieht sich näher an mich und vergräbt ihr Gesicht in meine Brust. Es bricht mir das Herz, sie so zu sehen.

Vielleicht sollte ich Alessandro umbringen.

Ja, das wäre keine so schlechte Idee, dann wäre sie von ihm frei, sogar in ihren Träumen.

»Nein!«, schreit sie und weint jetzt stärker.

Sie hat Angst, panische Angst sogar.

Ich will ihr diese Angst nehmen.

»Ale, bitte hör auf«, flüstert sie jetzt. »Sierra, es ist alles gut. Ich bin hier. Ich bin hier bei dir. Er kann dir nicht weh tun.«

Sie schreckt auf und krallt sich an meine Arme und wirkt verwirrt.

»Kaden?«

»Es ist alles gut. Er wird dich hier nicht bekommen«, sage ich. Sie legt ihren Kopf wieder auf meine Brust und ich höre ihr leises Schluchzen.

»Ich habe Angst, Kaden. Was ist, wenn ich nie von ihm frei sein werde? Muss ich für immer mit der Angst leben, dass er mich finden könnte?«, fragt sie flüsternd.

Ich kann ihre Angst nachvollziehen.

»Er wird dich nicht finden. Nicht, solange du bei mir bist. Ich werde dich vor ihm beschützen«, entgegne ich.

»Versprichst du es?«, fragt sie, während ich ihr die Tranen von ihrem Gesicht wegwische.

»Ich verspreche es.«

Sie nickt und kuschelt sich an mich heran.

»Hast du öfters Albträume von ihm?«, frage ich sie, woraufhin sie wieder nur nickt.

»Jeden Tag, seitdem er im Gefängnis gelandet ist. Außer gestern. Da habe ich gar nichts geträumt.« Jeden Tag seit drei Jahren? Das ist schrecklich.

»Wir werden diese Albträume beseitigen und ich helfe dir. Du musst da nicht alleine durch.« Ich meine jedes meiner Worte ernst.

Ich werde ihr diese Albträume nehmen, auch wenn es Wochen oder sogar Monate dauert.

Sie sollte über Regenbögen und Blumen träumen, aber nicht von Alessandro.

Dieses Arschloch verdient es nicht, sich in ihren Träumen herumzuschleichen.

»Du solltest noch etwas schlafen«, sage ich und wollte Sierra auf Seite legen, damit ich aufstehen kann, doch sie hält mich auf.

»Geh nicht. Bleib heute Nacht bei mir. Falls ich wieder von Ale träumen sollte, will ich dich bei mir haben«, flüstert sie.

Sie will, dass ich bei ihr bleibe. Ich verkneife mir ein Lächeln und lege mich wieder ins Bett zu ihr.

Sie kuschelt sich in meine Arme und legt ihren Kopf auf meine Brust. Gott, sie ist so süß, ich weiß nicht, wie ich mich um sie herum verhalten soll.

Langsam schlinge ich meinen Arm um ihre Taille und so schlafen wir Arm in Arm zusammen ein.

Kapitel 15

Am Nachmittag gehe ich in meine Bibliothek, zusammen mit Sierra, und suche ein Buch, das Sierra gefallen könnte.

»Könntest du mir ein Genre sagen, was du damals gerne gelesen hast, das würde mir die Suche erleichtern«, frage ich sie.

Wenn ich schätzen müsste, würde ich sagen, sie mag Fantasybücher. »Ich denke nicht, dass du ein Buch hast, das mir gefallen würde. Doch wenn du es genau wissen willst, ich habe gerne Romanzen gelesen.«

Das hätte ich mir eigentlich denken können.

»Ich müsste sowas in meinem Bücherregal haben«, sage ich zu Sierra und begebe mich auf die Suche, um ein passendes Buch zu finden.

Solche Bücher habe ich alle in meinem Romance Regal stehen. Ich schaue durch die Regalbretter und betrachte jedes einzelne Buch.

Genau wie ich es mir gedacht habe, habe ich ein Buch, das ihr gefallen könnte, im Regal gefunden.

Das Buch heißt Stolz und Vorurteil. Es ist eher ein Klassiker, aber es ist auch eine Liebesgeschichte mit drin. Ich habe das Buch vor drei Jahren gelesen und ich habe es geliebt.

Ich denke, das müsste Sierra gefallen.

Ich gehe zu dem Sessel, auf dem Sierra sitzt, und hebe sie hoch, setze mich selbst drauf hin und ziehe sie auf meinen Schoß.

Sie schreit lachend auf und klammert sich sofort an mir fest.

Gott, diese Frau macht mich verrückt. Ich kann einfach nicht genug von ihrem Lachen hören, es ist wie eine Sucht.

»Hast du ein Buch gefunden, das mir gefallen könnte?«, fragt sie mich ganz neugierig.

Und wie ich ein Buch gefunden habe, das dir gefallen würde, meine kleine Blume.

»Tatsächlich habe ich ein passendes Buch, deiner Vorlieben nach, gefunden. Es ist Stolz und Vorurteil von Jane Austen«, erwidere ich, woraufhin sie lächelt.

»Das ist mein Lieblingsbuch.«, sagt sie lächelnd.

Es war mir irgendwie klar, dass sie dieses Buch schon kannte. Wahrscheinlich hat sie sich immer einen Mann wie Mr. Darcy gewünscht.

Aber sie hat einen Alessandro bekommen.

»Ich wusste direkt, dass du das Buch magst.«

»Ja, aber jetzt genug geredet, fang endlich an, das Buch zu lesen«, befiehlt sie in einem strengen Ton.

Ohne zu zögern, öffne ich das Buch und beginne, ihr das erste Kapitel vorzulesen.

Seit ungefähr vier Stunden lese ich Sierra das Buch vor, und wenn ich ehrlich bin, habe ich schon seit drei Stunden keine Lust mehr, etwas zu lesen.

Aber für Sierra würde ich auch noch fünf weitere Stunden lesen.

Es liegt nicht am Buch, denn ich liebe die Geschichte darin, aber der Gedanke, dass Sierra gerade auf meinem Schoß sitzt, lenkt mich vom Buch ab.

Ich bin jetzt bei Seite 267.

»Kaden, könntest du mir morgen das Buch weiter vorlesen. Ich denke, für heute hast du genug gelesen«, sagt sie.

Ich lege ein Lesezeichen in das Buch hinein und lege es auf den kleinen Tisch, neben dem Sessel, und lege meine Arme um Sierras Taille.

Wäre sie doch nur mein.

»Kaden«, sagt sie und wirkt jetzt versteifter.

»Ja?«

»Ich würde gerne duschen ...«, sagt sie schüchtern und ich weiß sofort, worauf sie hinauswill. Da ich ihr helfen müsste, und sie dabei vollkommen nackt sehen würde, ist es ihr unangenehm.

»Es muss dir nicht unangenehm sein. Ich werde noch nicht einmal auf deinen Körper achten«, entgegne ich.

Ich verstehe sie.

Ich verstehe sie sogar sehr gut. Mir wäre es auch unangenehm, wenn jemand, den ich nicht richtig kenne, mich komplett nackt sehen würde.

Ich ziehe sie von meinem Schoß herunter und setze sie neben mich.

»Warte kurz hier. Ich gehe kurz ins Badezimmer und lasse dir ein Bad ein«, sage ich und stehe auf.

Es wäre wahrscheinlich leichter, wenn ich sie in eine Badewanne setze als, dass ich sie in meine Regendusche stecke.

Da nur in meinem Badezimmer eine Badewanne ist, gehe ich dorthin, lasse Wasser in die Wanne und überprüfe die Temperatur des Wassers.

Nicht zu heiß und nicht zu kalt.

Genau perfekt.

Ich gehe wieder zu Sierra, die sich an die Lehne des Sessels lehnt.

Sie wirkt in ihren Gedanken verloren.

Ob sie sich je in mich verlieben wird?

Wahrscheinlich nicht, aber der Gedanke, dass sie mein sein könnte, macht mich verrückt.

»Wie lange willst du da noch stehen und mich beobachten?«, fragt sie mich lächelnd.

Wie zur Hölle merkt sie das?

»Wir sollten schonmal ins Badezimmer gehen«, wechsel ich das Thema und gehe auf sie zu.

Ich nehme sie in meine Arme und bringe sie zum Badezimmer.

Hoffentlich kann ich mein Versprechen halten und sie nicht anstarren, während sie nackt vor mir sein wird.

Es ist mir schon einmal misslungen, sie nicht anzusehen.

In meinem Zimmer angekommen, setze ich sie auf meinem Bett ab und betrachte ihr Gesicht.

Sie wirkt so unschuldig. Ihr Gesicht ist einfach nur perfekt.

Am liebsten würde ich nach ihrem Gesicht greifen und sie zu mir ziehen, damit ich sie küssen kann.

Aber das *werde* ich nicht tun.

Ich *darf* es nicht tun.

Noch nicht.

»Ich werde dich jetzt ausziehen und dann bringe ich dich ins Badezimmer«, sage ich zu ihr und sie nickt.

Gestern, als sie mich gebeten hat, nicht zu gehen, hat mein Herz aufgehört zu schlagen. Ich wollte eigentlich überhaupt nicht gehen, aber ich wollte ihr ihre Privatsphäre lassen, doch als sie mich gebeten hat zu bleiben, konnte ich mein Lächeln nicht verbergen.

Als sie in meinen Armen eingeschlafen ist, habe ich mich geborgen gefühlt und dass sie mir in so kurzer Zeit vertraut, ist für mich nicht selbstverständlich.

Ich ziehe ihr ihr Oberteil über den Kopf und lege es neben sie, auf mein Bett.

Ohne auf ihren Oberkörper zu achten, ziehe ich ihren BH aus und mache mich dann an ihre Hose.

Ich hätte nicht gedacht, dass es so schwer ist, einen Körper nicht anzusehen.

Als ihre Hose auch bei ihren anderen Sachen liegt, ziehe ich ihr, ihren Slip aus und schaue dabei nur in ihr Gesicht.

Sie hat ihre Augen geschlossen, denn diese Situation ist für sie unangenehm und für mich reinster Folter.

Ich hätte nicht gedacht, dass mir sowas passieren würde.

Ich nehme sie wieder in meine Arme und bringe sie an das anliegende Badezimmer und setze sie langsam in die Badewanne.

Das Wasser mache ich wieder aus, denn die Wanne ist schon ziemlich voll.

Ich erlaube mir einen kleinen Blick zu ihrem Körper und ich bereue es nicht.

Wow.

Ihr Körper ist …

Ihr Körper ist wunderschön.

Ich wende sofort meinen Blick von ihrem Körper zu ihrem Gesicht, denn ich habe ihr versprochen nicht hinzusehen.

Doch ich kann es nicht.

Mein Blick fällt sofort wieder zu ihrem Körper, der makellos ist.

Scheiße, ich bin doch jetzt nicht wirklich hart geworden.

Ich schlucke den Kloß in meinem Hals herunter und Blicke auf meinen Schwanz herunter.

Ja, ich bin hart.

Was macht sie nur mit mir?

»Wie war dein Tag?«, frage ich sie und versuche mich auf andere Gedanken zu bringen. Ich nehme mir die Shampooflasche, die ich für sie gekauft hatte, und tue ein wenig davon auf meine Hand.

Es riecht nach Kirschen.

Langsam fange ich an, ihre Haare zu shampoonieren.

»Mein Tag war wunderbar. Nochmal danke, dass du mir, so lange das Buch vorgelesen hast. Wie war denn dein Tag? Ich hoffe, ich habe dich nicht gelangweilt«, sagt sie.

Ich würde sie so gerne küssen.

»Du langweilst mich nicht, Sierra. Du machst meinen Tag aufregend«, gebe ich zu.

»*Ich* mache deinen Tag aufregend?« Sie wirkt nicht so, als würde sie es mir glauben.

»Ja, ich meine, normalerweise schlafe ich nur oder arbeite, aber seitdem du bei mir lebst, machst du meinen Tag einfach nur besser und aufregender, indem du so bist, wie du bist«, antworte ich ihr ehrlich. »Gib mir mal kurz deine Hand, ich tue ein wenig Shampoo darauf, damit du deinen Körper waschen kannst.« Sie gehorcht sofort und streckt mir ihre Hand hin. Ich tue ein wenig von dem Duschgel auf ihre Hand, was genauso nach Kirsche riecht wie das Haarshampoo.

Sie fängt an, ihren Körper einzushampoonieren, während ich ihr das Shampoo aus den Haaren herauswasche.

»Kaden, als du gestern bei mir geschlafen hast, habe ich mich sicherer gefühlt. Könnte ich heute vielleicht wieder mit dir schlafen? Es ist okay, wenn du das nicht möchtest.«

Sie will wieder mit mir zusammen schlafen? Wie kommt sie darauf, dass ich das nicht wollen würde?

Ich hätte alles getan, um sie wieder in meinen Armen halten zu können und mit ihr eingekuschelt einzuschlafen.

»Du kannst heute Abend, mit mir in meinem Bett schlafen«, erwidere ich und versuche so gelassen wie möglich zu klingen, damit sie nicht merkt, dass ich aufgeregt bin.

Ich greife wieder nach der Shampooflasche und tue wieder ein wenig auf meine Hand, um erneut ihre Haare einzushampoonieren.

»Kaden, danke. Danke für alles«, sagt sie plötzlich.

Ich drehe ihren Kopf zu mir und lehne mich etwas näher zu ihr.

»Du musst dich für gar nichts bedanken, ist das klar?«, entgegne ich in einem sanften Ton.

Ich wasche ihr wieder das Shampoo aus den Haaren und als ich fertig bin, hebe ich sie aus der Badewanne und wickle sie um ein Handtuch.

Sie ist einfach nur atemberaubend.

Ich lasse das Wasser aus der Badewanne fließen und bringe Sierra zurück in mein Zimmer und lasse sie auf meinem Bett nieder.

»Ich gehe kurz in dein Zimmer, um dir deine Klamotten zum Schlafen zu bringen«, sage ich und gehe in ihr Zimmer gegenüber meinem.

An ihrem Kleiderschrank halte ich inne. Moment mal, wieso ziehe ich ihr nicht Klamotten von mir an? Ich nehme mir aus ihrem Schrank nur einen sauberen Slip und gehe wieder zu ihr zurück.

Bei ihr angekommen gehe ich zu meinem Kleiderschrank, nehme mir eine schwarze Jogginghose und ein passendes Shirt dazu.

Ich nehme ihr das Handtuch vom Körper, lasse es auf dem Boden nieder und sehe kurz an ihrem Körper hinab.

Was würde ich alles tun, um jetzt ihren Körper anzufassen.

Ich verdränge sofort den Gedanken wieder und beginne ihr, die Klamotten anzuziehen.

»Kaden, sind das deine Klamotten?«, fragt sie mich verwirrt.

»Ja«, antworte ich trocken.

»Schläfst du mit nassen Haaren oder soll ich sie dir föhnen?«, frage ich sie. Ich nehme mir ihre Bürste und beginne ihre Haare zu bürsten.

»Ich schlafe mit nassen Haaren.«

Als ich fertig bin, ihre Haare zu bürsten, gehe ich wieder schnell in ihr Zimmer, hole mir ihre Zahnbürste, gehe zu ihr und bringe sie in mein Badezimmer.

Ich mache ihre Zahnbürste nass, tue etwas Zahnpasta darauf.

»Mach deinen Mund auf, ich putze dir deine Zähne.« »Kaden, ich mache das selbst«, antwortet sie in einem strengen Ton.

Ich gebe ihr die Zahnbürste und sie fängt an ihre Zähne selbst zu putzen.

Währenddessen putze ich mir auch meine Zähne und als wir beide fertig sind, bringe ich sie wieder in mein Zimmer und lege sie auf mein Bett und lege mich zu ihr.

Sie kuschelt sich wieder an mich heran und sagt dann: »Gute Nacht, Kaden.«

»Gute Nacht, meine kleine Blume«, flüstere ich, und schlafe Minuten später ein.

Kapitel 16

Kaden Crawford

4 Wochen später

Ich liege in meinem Bett und beobachte Sierra, wie sie noch schläft. Sie wohnt jetzt seit ungefähr vier Wochen bei mir und seit dem Abend, als sie mich gefragt hatte, ob sie mit mir schlafen könnte, hat sie keine Albträume mehr von Alessandro gehabt.

Und seitdem schläft sie jeden Tag mit mir in meinem Bett, weswegen ich auch ihre ganzen Sachen in mein Zimmer gebracht habe.

Meine Gefühle für Sierra sind die letzten Wochen nur gestiegen und es wäre gelogen, wenn ich behaupten würde, dass es mir nicht gefallen würde mit ihr, Arm in Arm einzuschlafen.

Außerdem ist sie lustig und für Unsinn zu haben. Letzte Woche haben Sierra und ich einen Kuchen gebacken und plötzlich hat sie eine ganze Handvoll Mehl auf mich geschmissen und ab da hatten wir für die nächste halbe Stunde eine Mehlschlacht.

Um ehrlich zu sein, habe ich mich schon an sie gewöhnt.

Sie sieht hübsch aus, während sie schläft.

Sierra kuschelt sich an meine Brust heran und umarmt mich. »Guten Morgen, Kaden«, sagt sie mit einer verschlafenen Stimme.

»Guten Morgen. Wie hast du geschlafen?«, frage ich sie. Ich streichle ihr durchs Haar, und sehe auf sie hinab.

»Ich habe sehr gut geschlafen.«

Gut.

Das ist sehr gut.

»Lass uns reingehen. Es ist schon ziemlich spät«, sage ich und wollte aufstehen, doch Sierra hält mich auf.

»Noch fünf Minuten«, sagt sie und vergräbt ihr Gesicht in meinem Nacken. Es bringt mich zum Grinsen, denn wenn es nach ihr gehen würde, würde sie den ganzen Tag schlafen. Da ich zu ihr nicht nein sagen kann, widerspreche ich ihr nicht. »Aber nur fünf Minuten.«

Sie lächelt mich kurz an und schließt danach wieder ihre Augen.

Sie macht mich Tag für Tag nur noch verrückter nach ihr.

Meine kleine Blume, ich werde dich noch zu meinem machen.

Ein Klingeln ertönt, und ich bemerke, dass es die Haustürklingel ist. Sierra schreckt auf und wirkt jetzt panisch.

»Kaden, könnte, das Ale sein?«, fragt sie mich verängstigt. Um ehrlich zu sein, weiß ich es nicht, aber, dass kann ich ihr wohl schlecht sagen.

»Es ist bestimmt nur Adrian«, antworte ich, um ihr nicht noch mehr Angst mache. Sie wirkt jetzt verwirrt und legt ihren Kopf schief.

»Wer ist Adrian?«, fragt sie mich.

Jetzt bin ich verwirrt. Sie kennt doch Adrian von der Befragung. Wie ein Blitz hämmert es mir durch den Kopf. Sie kennt ihn nicht als Adrian, sie kennt ihn als Sergeant Kane.

»Adrian ist, Sergeant Kane. Er war der andere Mann bei der Befragung. Zufälligerweise ist er auch mein bester Freund«, antworte ich ihr.

Sie nickt nur und scheint sich wieder an ihn zu erinnern.

»Ich sollte ihm die Tür öffnen«, sage ich und stehe auf. Ich habe keine Ahnung, ob es Adrian ist, oder vielleicht doch Alessandro, deswegen gehe ich langsam auf die Tür zu.

Als ich die Tür öffne, steht Adrian, vor mir mit einem breiten Lächeln und zwei Tüten in der Hand.

Was macht er hier?

»Guten Morgen Kaden. Ich habe mir gedacht, wieso frühstücken wir nicht heute zusammen, deswegen stehe ich nun vor deiner Haustüre und bringe ein paar Sachen mit«, sagt er in einem zu netten Ton und drückt mir die beiden Tüten in die Hand.

Er drängt sich an mir vorbei ins Haus, woraufhin ich die Tüten in die Küche bringe.

Adrian folgt mir und zieht plötzlich mein Gesicht nah an seines, und spricht leise in mein Ohr.

»Wir werden beobachtet. Ich brauchte einen Grund, wieso ich zu dir kommen kann, deswegen bin ich einkaufen gegangen und wir werden gleich lachend zusammen Frühstücken. In den Einkäufen ganz unten ist eine Akte. Ich möchte, dass du diese heute Abend, wenn Sierra schläft, durchliest. Lese es aber nicht, wenn du denkst, dass dich jemand beobachtet. Du musst zu hundert Prozent sicher sein, dass du allein bist.«

Deswegen, also die gespielte Nettigkeit. Es hat mich schon gewundert, warum Adrian so fröhlich hier auftaucht.

Er lässt von meinem Kopf ab und geht zum Kühlschrank. Adrian holt sich eine Flasche Wasser heraus, öffnet sie und trinkt daraus.

»Wie läuft es mit deiner neuen Freundin?«, fragt er grinsend.

Ich verdrehe die Augen, denn das ist so typisch für ihn. »Sie ist nett«, entgegne ich.

»Nett? Das ist alles, was du über sie zu sagen hast, Sie ist nett?«, fragt er skeptisch.

Natürlich nicht, ich könnte Stunden lang von ihr erzählen.

»Wenn du es genau wissen willst, ja sie hat mir den Kopf verdreht.« Er grinst mich pervers an und nickt. »Ich weiß, man sieht es dir an. Du bist verliebt.« Ich nicke nur, denn es ist sinnlos Adrian anzulügen.

Er haut mir auf die Schulter und geht zum Wohnzimmer.

»Kaden, ist alles okay?«, ruft Sierra vom Schlafzimmer aus.

Adrian bricht ins Gelächter aus und blickt dann zu mir. »Wieso ruft sie dich von deinem Zimmer aus? Ich dachte, sie schläft im Gästezimmer. Geh lieber mal zu deiner großen Liebe«, sagt er weiterhin lachend. Ich ignoriere seinen Kommentar und gehe zu meinem Zimmer, wo ich Sierra dort finde, wo ich sie zurückgelassen habe.

Auf meinem Bett.

»Kaden?«, sagt sie leise.

»Ja, ich bin es. An der Tür war nur Adrian, er wird heute mit uns zusammen frühstücken«, antworte ich. Langsam gehe ich auf sie zu und nehme sie in meine Arme und setze sie auf ihren Rollstuhl.

Hoffentlich blamiert Adrian mich nicht.

Ich bringe Sierra zu Adrian und er lächelt sie freundlich an. »Hey Sierra, wie geht es dir? Nervt Kaden dich schon mit seinen Büchern?«

Ich wusste es. Er würde mit seinen doofen Sprüchen kommen.

»Wisst ihr was, ich bereite den Tisch vor, solange könnt ihr reden.« Daraufhin verschwinde ich in der Küche.

Kapitel 17

Adrian Kane

Ich kann in Kadens Augen erkennen, wie sehr er sich in Sierra verliebt hat. Um ehrlich zu sein, würde ich mich für ihn freuen, wenn er nicht mehr allein ist. Immerhin würden Sierra und Kaden ein süßes Paar ergeben.

Aber ich kann ihn auch verstehen, warum er Sierra noch nicht näherkommen kann.

Er hat Angst, dass er ihr wehtun würde.

Außerdem, würde sie sich je wieder auf eine Beziehung einlassen?

Ich meine, nachdem man mit jemandem wie Alessandro Bellucci zusammen war, verstehe ich, wenn man sich auf keine Beziehung mehr einlässt.

Nur hoffentlich wird Kaden bald nicht mehr so allein sein.

Immer wenn ich ihn darauf anspreche, warum er keine Beziehungen eingeht, obwohl er doch so allein ist, dann sagt er, er fühlt sich nicht allein, denn er hat ja mich. Aber das ist ein blödes Argument.

Kaden geht in die Küche und ich bleibe mit Sierra allein im Wohnzimmer.

Sie ist hübsch.

Sehr hübsch sogar.

»Mir geht es sehr gut, wie geht es dir denn? Und nein, Kaden nervt mich nicht mit seinen Büchern. Er hat mir letztens vier Stunden lang ein Buch vorgelesen, was ich süß von ihm fand«, sagt sie.

Kaden, liest ihr Bücher vor?

Gott ist der Typ langweilig.

Da würde ich Sierra verstehen, wenn sie Kaden nicht will.

»Es könnte mir nicht besser gehen«, entgegne ich.

Vielleicht sollte ich für Kaden herausfinden, ob Sierra auch Gefühle für ihn empfindet.

»Wie findest du Kaden? Magst du ihn?«

»Um ehrlich zu sein, ja, ich mag Kaden. Er ist immer so nett zu mir und behandelt mich nicht wie etwas Zerbrechliches, sondern unternimmt lustige Dinge mit mir. Als ich neu bei ihm einzog, hatte ich ihm erzählt, dass ich als Kind immer mit meiner Schwester den klaren Sternenhimmel betrachtete, woraufhin er an dem Abend ein kleines Picknick in seinem Garten vorbereitete, da an dem Abend ein Meteoritenschauer zu sehen war. Ich konnte es nicht selbst sehen, aber er hat mir immer gesagt, wenn eine Sternschnuppe an uns vorbeigeflogen ist. Einen Tag später haben wir zusammen Red Velvet Muffins gebacken, weil er wusste, dass ich es damals liebte zu backen und da ich dazu allein nicht mehr in der Lage bin, haben wir es zusammengetan. Letzte Woche haben wir wieder gebacken, doch anstatt, dass wir nur gebacken haben, hatten wir auch eine Mehlschlacht. Kaden, versucht seit vier Wochen mir jeden Tag unvergesslich zu machen, was ihm auch gelingt und das schätze ich an ihm. Er ist einfach so liebevoll zu mir«, sagt sie verträumt.

Allein die Art, wie sie von ihm spricht, sagt mir, dass sie ihn nicht nur mag, sondern auch etwas für ihn fühlt.

Die Kleine hat anscheinend auch Gefühle für ihn.

Das ist gut.

Sehr gut sogar.

Wer weiß, vielleicht laufen hier bald kleine Kadens herum.

Aber zuerst sollte ich die beiden zusammenbringen.

Ja, das ist gar keine so schlechte Idee.

»Weißt du, ich kenne Kaden seit der Highschool. Er ist ein sehr guter Freund und auch ein noch besserer Arbeitspartner. Kaden und ich sind immer bei Fällen zusammen tätig. Ich bin mir sicher, er wäre auch ein sehr guter Lebensgefährte«, sage ich gelassen.

Ihr Blick verändert sich bei dem Satz mit Kaden als Lebensgefährte.

»Bist du in Kaden verliebt?«, fragt sie mich verlegen.

O Gott.

Wie kommt sie darauf?

»Ich meine, nicht, dass es schlimm wäre, aber ... «

»Nein, ich bin nicht in Kaden verliebt. Außerdem bevorzuge ich es, wenn meine Geliebte eine Pussy hat, keinen Schwanz. Wie kommst du überhaupt darauf?«, unterbreche ich sie.

Ich muss mir mein Lachen verkneifen, denn Sierras Blick ist unbezahlbar.

»Na ja, du bist die ganze Zeit am Schwärmen, was Kaden für ein toller Freund ist und, dass du dir vorstellen kannst, dass Kaden ein guter Partner wäre.«

Sie hat es also so verstanden, als würde ich Kaden wollen.

Ich schwärme doch nur von ihm, damit sie ihn noch mehr mag.

Wahrscheinlich sollte ich das in Zukunft sein lassen. Kaden betritt das Wohnzimmer und gibt mir einen Todesblick.

Anscheinend hat er alles gehört.

»Was Adrian meint, ist, dass er sich sicher ist, dass ich meine Zukünftige sehr glücklich machen werde«, sagt er zu Sierra.

Ich grinse ihn an, denn ich weiß, dass ihm die ganze Situation unangenehm ist. Das ist meine Rache, weil er mir mein Date damals in der Highschool mit Cassie Wood vermasselt hat.

Trotzdem wünsche ich mir, wenn sie die Richtige für ihn ist, dass sie sich bald etwas näherkommen.

Kapitel 18

Kaden Crawford

Er blamiert mich und dann denkt auch noch Sierra, dass er schwul ist.

Ich weiß ganz genau, was er versucht hat. Er hat versucht, sie zu manipulieren, damit sie mich mag.

Dabei blamiert er mich auch noch.

Das ist wahrscheinlich die Rache für Cassie Wood aus der Highschool. Es ist nicht meine Schuld, dass sie nur mit ihm ausgegangen ist, damit sie sich an mich heranmachen konnte.

Dieses Arschloch findet es witzig, dass ich mich in Sierra verliebt habe.

Er sollte lieber vorsichtig sein, denn wenn er erstmal eine feste Freundin haben sollte, werde ich ihr alle peinlichen Situationen, die er erlebt hat, erzählen.

Das wäre meine Rache.

Trotzdem ist er mein bester Freund, der mir in guten, wie in schlechten Tagen beistand, so wie ich bei seinen.

Ich weiß, er will, dass ich nicht mehr allein bin und ich weiß, dass er es nur gut meint.

Aber er sollte es sein lassen, denn er verschlimmert die Situation nur.

Dieser Mann bringt mich irgendwann um.

Kapitel 19

Alessandro Bellucci

Oh Sierra.

Wann wurdest du nur zu so einer Schlampe?

Du klammerst dich ja wirklich an jeden Mann ran, nur weil er nett zu dir ist.

Hat da jemand etwa Daddy Issues?

Es hat nicht lange gedauert, um von diesem besagten Kaden die Adresse herauszufinden, und nun stehe ich vor seinem Schlafzimmerfenster und beobachte ihn und Sierra.

Sierra, die Schlampe, hat sich an Kaden gekuschelt, der sie lächelnd beim Schlafen beobachtet.

Dio, wird mir schlecht bei diesem Anblick.

Er streichelt ihr durchs Haar und zieht sie noch näher an sich.

Wahrscheinlich lässt sie sich auch von ihm ficken.

Was für eine Hure.

Für mich hat sie nie die Beine breitgemacht, aber trotzdem habe ich bekommen, was ich wollte.

Ihre Jungfräulichkeit.

Wenn sie wieder in meinen Händen ist, werde ich ihr zeigen, wem sie gehört.

Ich werde sie foltern und so hart ficken, dass sie sogar ihren Namen vergisst.

Kapitel 20

Kaden Crawford

Sie macht mich verrückt.

Am liebsten würde ich sie einfach an mich ziehen, sie küssen und zu meinem machen. Wäre es doch nur so leicht. Sierra schläft noch, deswegen bin ich unter die Dusche gestiegen, damit ich, wenn sie wach ist, den ganzen Tag mit ihr verbringen kann. Es ist sozusagen meine Routine geworden, jeden Morgen vor Sierra aufzustehen, um zu duschen und um mich fertig für den Tag zu machen.

Danach lege ich mich immer zu ihr und nehme sie in meine Arme und warte darauf, dass sie aufwacht.

Um ehrlich zu sein, würde ich Sierra so gerne ficken.

Ich sollte nicht an sowas denken, aber immer, wenn sie in meiner Nähe ist, bekomme ich einen Ständer.

Als ich Sierra in meiner Badewanne nackt vor mir hatte, hätte ich mich am liebsten auf sie gestürzt.

Schon nur an den Gedanken an sie werde ich schon wieder hart.

Scheiß drauf, mein Schwanz platzt bald noch, wegen der dauerhaften Erregung, die sie mir beschafft.

Ich streife mit meiner Hand über meinen erregten Schwanz und fahre langsam auf und ab.

Fuck, diese kleine Blume bringt mich noch um.

Ich lege meinen Kopf in den Nacken und lasse das heiße Wasser meinen Körper streifen.

Langsam umkreise ich meine Eichel und stöhne leise auf. Ich stelle mir vor, es ist Sierras Zunge, die mich befriedigen will.

Oh Fuck!

Ich umgreife meinen Schwanz wieder und fahre wieder auf und ab und schließe meine Augen.

Ich brauche *sie*.

Stöhnend erhöhe ich mein Tempo und stelle mir vor, wie ich in Sierra hineinstoße.

Ich sollte an sowas nicht denken.

Es ist falsch.

Aber warum fühlt es sich dann so gut an?

Sierra.

Diese Frau will ich zu meinem machen.

Sierra.

Die Frau, von der ich jeden Abend träume.

Sierra.

Die Frau, auf die ich mir gerade einen runterhole.

Sierra.

Ich erhöhe mein Tempo und spüre meinen Orgasmus kommen.

Wie kann eine Frau mir nur so den Kopf verdrehen?

Ich will sie.

Ich brauche sie.

Sie wird mein. Dafür werde ich sorgen.

Wie gerne würde ich jetzt in Sierras enge Pussy hineinstoßen und in ihr kommen.

Sie genau beobachten, wie sie ihre Augen schließt und kurz vor ihrem eigenen Orgasmus ist.

Wie sie mich anbettelt, schneller zu werden.

Wie sie meinen Namen schreit und sich an mich klammert.

Gott, ich brauche sie!

In meinem ganzen Leben war ich noch nie so verrückt nach einer Frau, wie bei Sierra.

Was macht sie nur mit mir?

Ich spüre, wie der Orgasmus über mich kommt und ich verdrehe die Augen.

Fuck!

Ich spritze ab und kann nicht anders als zu lachen.

Sie hat mich so verrückt nach ihr gemacht, dass ich es einfach nicht mehr ausgehalten habe.

Ich hätte das schon vor einer Weile tun sollen.

Ich dusche zu Ende, schnappe mir ein Handtuch, ziehe mir meine Boxer, eine graue

Jogginghose mit einem schwarzen Shirt an und gehe wieder zu Sierra.

Meine Haare sind noch nass, aber das interessiert mich nicht.

Langsam ziehe ich sie in meine Arme und flüstere ihr zu:

»Hast du eine Ahnung, wie sehr du mir den Kopf verdreht hast?«

Ich drücke ihr einen leichten Kuss auf den Kopf und beobachte sie noch Stunden, wie sie in meinen Armen schläft.

Kapitel 21

Kaden Crawford

»Kaden, hör auf«, sagt sie lachend. Ihre Bitte interessiert mich nicht, denn ich finde es süß, wie sie lacht. Ich kitzele sie weiter und ihr Lachen wird immer lauter. Sie liegt unter mir und versucht sich dagegen zu wehren, aber es gelingt ihr nicht.

»Kaden bitte.« Wie sehr wünsche ich mir, dass sie das mal sagt, während wir ganz andere Dinge tun.

Während ich sie ficke und zu meinem mache.

Bevor Adrian gestern ging, sagte er mir, dass er sich zu 99,9 Prozent sicher ist, dass Sierra auch Gefühle für mich hat.

Aber er sagte auch, dass sie Zeit braucht, immerhin ist sie bestimmt nicht bereit für eine Beziehung.

Erst recht nicht, während Alessandro frei herumläuft.

»Kaden«, sagt sie lachend und legt ihren Kopf in den Nacken. Ich lasse von ihr ab und stehe auf. »Das war genug Aufregung für heute. Ich möchte nicht, dass du von so vielem Lachen stirbst«, entgegne ich belustigt.

Sierra zeigt mir ihren Mittelfinger und dreht grinsend den Kopf weg.

Ach Gott, wie gern würde ich sie jetzt auf ihre weichen Lippen küssen.

Ich steige wieder über sie, drücke ihre Arme über ihren Kopf und beuge mich zu ihrem Ohr herunter.

»Zeig mir diesen Finger je wieder, dann werde ich dich meinen Zorn spüren lassen«, flüstere ich in einem verführerischen Ton.

Sierra schluckt leicht und ich drehe mein Gesicht zu ihrem.

Plötzlich küsst sie mich, was mich völlig aus der Bahn wirft. Ich erwidere ihren Kuss und ich muss zugeben, dass das der beste Kuss ist, den ich je hatte.

Ich habe so lange darüber nachgedacht, wie sich wohl ihre Lippen auf meinen anfühlen würden und heute weiß ich es.

Sie sind weich und genau für mich gemacht.

Ich werde sie nie wieder hergeben.

Sie *wird* mein.

Sie *ist* mein.

Sie weiß es zwar noch nicht, aber sie ist mein.

Ich lasse ihre Arme los und lege meine Hände an ihren Hinterkopf und ziehe sie näher an mich.

Sie greift in mein Haar und steckt ihre Zunge in meinen Mund. Ich tue es ihr nach und jetzt kämpfen unsere Zungen miteinander.

Es fühlt sich so gut an.

Ich will nicht, dass dieser Moment je endet.

Fuck.

Der Kuss wird immer inniger und ich spüre, wie ich hart werde.

Was macht sie nur mit mir?

Ich stöhne in den Kuss hinein und fahre mit meiner Hand ein wenig herunter und umgreife sanft ihre linke Brust.

Ich spüre ihren harten Nippel in meiner Handinnenfläche und das bestätigt mir, dass sie auch erregt ist.

Wie gern würde ich mich jetzt in ihr versinken und mir ihre süßen Schreie anhören.

Aber es ist noch zu früh.

Ich werde es langsam mit ihr angehen.

Sie stöhnt durch meine Berührung auf und zieht leicht meine Haare.

Ich löse mich vom Kuss und blicke ihr mit Verlangen in die Augen.

»Gib mir eine Chance, um dir zu zeigen, wie es sich anfühlt, geliebt zu werden. Ich verspreche dir, ich werde dich besser behandeln als Alessandro. Ich werde dich jeden Tag glücklich machen und selbst wenn wir mal streiten sollten, werde ich nie Hand an dich legen und ich würde nie etwas tun, was du nicht willst. Also bitte ich dich, gib mir eine Chance und werde meine Freundin«, sage ich außer Atem.

Sierra sieht sprachlos aus und ich glaube, ich habe die ganze Sache überstürzt.

Ich schließe meine Augen und mache mich auf die Worte gefasst, die ich nicht hören möchte.

»Kaden, ich gebe dir die Chance und würde liebend gern deine Freundin sein.«

Ich öffne wieder meine Augen und kann mir mein Lächeln nicht verbergen.

Sie will meine Freundin sein?

Ich ziehe sie auf meinen Schoß und umarme sie ganz fest. Sie lacht auf und legt ihre Arme um meinen Nacken.

»Wir gehen es aber langsam an, okay?«, fragt sie. »Wie du es dir wünschst«, sage ich und ziehe sie zu mir und küsse sie innig.

Kapitel 22

Kaden Crawford

Sie gibt mir eine Chance, obwohl sie bisher keine guten Erfahrungen mit Männern hatte. Ich könnte nicht glücklicher sein.

Sie liegt in meinen Armen und schläft mit einem Lächeln im Gesicht.

Ich streichle ihr durchs Haar und gebe ihr einen Kuss auf die Stirn.

Als sie heute sagte, dass sie meine Freundin sein will, da dachte ich nur: Träume ich? Kann mich mal einer kneifen.

Ich werde sie niemals so behandeln, wie es der Bastard Alessandro getan hat. Ich werde sie wie eine Göttin behandeln.

Meine Göttin.

Meine kleine Blume.

Aber was ist, wenn sie sich nach einer Weile von mir gelangweilt fühlt?

Daran will ich gar nicht denken.

Ich sollte mir vielleicht jetzt die Akte ansehen, die mir Adrian gestern mitgebracht hat.

Ich stehe auf, gehe zu meiner Kommode, öffne die erste Schublade, und hole mir das Dokument heraus.

Als Adrian gestern gegangen war, habe ich die Akte weggelegt, und hatte vergessen sie mir mal anzuschauen.

Eigentlich wollte ich sie mir schon heute durchlesen, aber dann passierte die ganze Sache mit Sierra und dann habe ich die Akte auch schon vergessen.

Ich setze mich wieder in mein Bett und öffne das Dokument.

Ich hoffe, es ist etwas Nützliches.

Als ich sie öffne, sehe ich, dass nur Bilder drin sind.

Bilder, wo Alessandro zu sehen ist.

Auf dem ersten Bild sieht man Alessandro in einem Stripclub, wie er eine Stripperin beobachtet und einen Drink in der Hand hält.

Seine Haare sind ein wenig versaut und er hat ein perverses Grinsen im Gesicht.

Alessandro trägt ein schwarzes Hemd, wo die oberen Knöpfe offen sind, passend zu einer schwarzen Anzughose.

Ich lege das Bild auf Seite und nehme mir das Nächste in die Hand.

Auf dem ist er mit Antonio und Giovanni zu sehen und es sieht aus, als wären sie in so einer Art Keller.

Ich könnte schwören, dass ich diesen Ort schon einmal gesehen habe.

Auf dem nächsten Bild hat Alessandro mit einer Blondine Sex.

Okay, dieses Bild hätte mir erspart bleiben können.

Als ich nach dem nächsten Bild greifen möchte, sehe ich, dass sich darunter ein Brief befindet.

Ist der von Adrian?

Auf dem Briefumschlag steht, dass es an das Stateville Correctional Center in Crest Hill, Illinois adressiert ist.

Moment mal.

Das ist das Gefängnis von Alessandros Vater.

Carlos Bellucci.

Ich öffne den Brief und erkenne sofort, dass es nicht Adrians Schrift ist.

Hat Alessandro den Brief geschrieben?

Ich beginne den Brief zu lesen und bin gespannt, was mich erwartet.

21.08.2024

Ciao papà,

Ich hoffe, es läuft alles wie geplant im Gefängnis. Momentan bin ich meine Rache an Sierra am Planen, denn dieses Missstück hat mich drei Jahre gekostet. Wenn ich sie in die Finger kriege, werde ich sie monatelang foltern, bis sie mich anbettelt, dass ich aufhöre. Ich werde sie so oft vergewaltigen, dass sie vor Schmerzen schreit. Antonio und Giovanni haben schon eine Idee, wie wir sie von diesem Polizisten Kaden Crawford entführen können, und zum ersten Mal in meinem Leben kann ich sagen, dass diese

Bastarde nützlich sind. Wir kriegen direkt alle neuen Informationen, die das CPD über uns herausfindet, denn wir werden von einem Polizisten Officer Anderson vorgewarnt, heißt wir sind immer einen Schritt voraus.

Die Geschäfte laufen derzeit gut und du musst dir darum keine Sorgen machen, denn ich habe alles unter Kontrolle. Wahrscheinlich werde ich Sierra acht Monate später, nachdem ich sie entführt habe, langsam und schmerzvoll umbringen. Ich hatte eigentlich vor sie zu zwingen mich zu heiraten, denn ich brauche schließlich Erben, aber was bringt mir eine Behinderte Frau, die in einem Rollstuhl sitzt und blind ist? Sie könnte mich gar nicht befriedigen.

Nachdem ich mit Sierra fertig bin, werde ich diesen sogenannten Kaden Crawford töten, denn er ist dafür zuständig, dass du hinter Gitter gelandet bist.

Hallte noch ein wenig durch, ich werde dich da bald herausholen, das verspreche ich dir.

Con affetto,
Alessandro Rosario Bellucci

Ich lege den Brief beiseite und sehe zu Sierra.

Ich werde nicht zulassen, dass jemand meine kleine Blume berührt.

Selbst wenn ich jemanden töten muss, um sie zu beschützen, ich würde es tun.

Adrian hatte recht.

Anderson steckt mit ihnen unter einer Decke.

Kapitel 23

Kaden Crawford

Sierra und ich liegen zusammen auf meiner Couch im Wohnzimmer. Sie hat ihren Kopf auf meiner Brust und ihren Arm auf meinen Bauch, während ich ihren Kopf kraule. Seit ich gestern Abend den Brief von Alessandro gelesen habe, habe ich kein Auge mehr zu bekommen.

Wenn dieses Arschloch denkt, dass ich zulasse, dass er mir nimmt, was mein ist, dann ist er noch blöder, als ich gedacht habe.

Niemand fasst an, was mein ist.

Niemand.

»Kaden, darf ich dich etwas fragen?«, sagt Sierra und holt mich aus meinen Gedanken heraus.

»Du kannst mich alles fragen, was du willst«, entgegne ich.

»Hattest du je etwas mit Adrian?«, fragt sie.

Okay, diese Frage habe ich nicht erwartet.

Ich verkneife mir laut loszulachen, denn ich habe keine Ahnung, wie sie auf diese Frage kommt.

Meine kleine Blume schafft es immer wieder, mich zu überraschen.

Um ehrlich zu sein, hatten Adrian und ich damals, als wir noch in der Highschool waren, einen One-Night-Stand, wo wir beide sturzbetrunken waren. An dem Abend waren wir auf einer Party und wir hatten so viel getrunken, dass wir irgendwie im Bett gelandet sind.

Am nächsten Morgen, als wir beide nackt in meinem Bett aufgewacht sind, waren wir beide komplett verwirrt und im nächsten Moment haben wir darüber gelacht.

Das war das einzige Mal, dass ich und Adrian etwas hatten.

»Einmal, aber wir waren sehr betrunken und das ist schon sehr lange her«, gestehe ich ihr.

Sie versucht, ihr Grinsen zu verbergen, aber es gelingt ihr nicht.

»Was ist denn so lustig?«, frage ich sie amüsiert.

»Nichts, es ist nur, ich hätte nicht erwartet, dass du und Adrian mal Sex hattet, was ich nicht schlimm finde, immerhin ist es deine Sache, mit wem du Sex hast. Hattest du danach je wieder Sex mit einem Mann?«, fragt sie mich neugierig.

»Nein, hatte ich nicht. Außerdem stehe ich eher auf Frauen, nicht auf Männer. Ich hatte nur eine Beziehung bisher, denn die meisten Frauen, die ich mochte, wollten nur Sex und nichts Festes. Und ich bin jemand, der kein Sex will, sondern Liebe. Klar, ich habe nichts gegen Sex, ich liebe das Gefühl eines Orgasmus, aber Sex ist für mich etwas, was man mit jemandem haben sollte, den man liebt. Deshalb hatte ich auch nur mit einer Frau Sex.«

Sierra nickt leicht und schenkt mir ein bezauberndes Lächeln.

»Ich verstehe, was du meinst. Für mich ist Sex auch etwas Besonderes, weswegen ich bis zu meiner Hochzeitsnacht warten wollte. Aber daraus wird wohl nichts mehr. Ich glaube sogar, dass ich niemals mehr Sex haben werde; ich meine, sieh mich doch mal an. Ich bin vernarbt und sitze in einem Rollstuhl. Das ist nicht besonders attraktiv. Wahrscheinlich ist es besser so, denn ich habe Angst vor Sex«, gesteht sie.

Sie denkt, es macht sie unattraktiv, nur weil sie Narben hat.

Ich finde, sie ist das hübscheste Wesen auf Erden, und ihre Narben stören mich nicht. Und die Tatsache, dass sie in einem Rollstuhl sitzt, stört mich auch nicht.

Ich finde sie bezaubernd, so wie sie ist.

Ich verstehe auch, warum sie Angst vor dem Sex hat, denn das, was Alessandro ihr angetan hat, hat nicht nur äußerlich bei ihr Narben hinterlassen, sondern auch innerlich.

»Sag sowas nicht, du bist wunderschön«, sage ich zu ihr und küsse sie auf die Stirn.

»Weißt du, ich habe mich in dich verliebt, schon, als ich dich zum ersten Mal gesehen habe. Das war an einer Ampel, als ich zur Arbeit ging. Dann, als Adrian meinte, dass du bei mir wohnen musst, bis er Alessandro und seine Brüder hinters Gitter gebracht hat, habe ich mich gefreut, so eine hübsche Frau bei mir zu haben. Ein paar Tage später habe ich mir geschworen, dass ich alles dafür tue, damit du dich auch in mich verliebst. Jetzt bist du meine Freundin, aber ich habe keine Ahnung, ob du dich auch in mich verliebt hast. Adrian sagt zwar, du wärst auch in mich verknallt, aber bis ich es nicht von dir höre, glaube ich es nicht«, sage ich zu ihr.

Sierra lächelt und eine Träne macht sich ihren Weg auf ihrer Wange.

»Das ist das Süßeste, was je ein Mann zu mir gesagt hat«, entgegnet sie.

»Und du hast es geschafft, denn ich habe mich schon vor einer Weile in dich verliebt.«

Plötzlich küsst sie mich und ich kann meinen Ohren nicht trauen.

Sie hat sich in mich verliebt.

Ich lächle in den Kuss hinein und ziehe sie näher an mich.

Sie hat sich in mich verliebt.

Meine kleine Blume hat sich in mich verliebt.

Kapitel 24

Sierra Grey

3 Jahre zuvor

Alessandro hat mich vergewaltigt.

Er hat mich berschmutzt.

Er hat mir meine Würde genommen.

Wie konnte er nur? Er wusste, wie viel mir meine Jungfräulichkeit bedeutet hat.

Er wusste es und trotzdem hat er es getan.

Nachdem Alessandro gegangen war, haben mir die anderen zwei Männer weh getan, sie haben mich nicht nur vergewaltigt, sondern mich auch geschlagen, mir die Haare gezogen und mich dann blutend und nackt auf dem kalten Boden zurückgelassen.

Ich kann mich nicht bewegen.

Alles tut mir so weh.

Meine Beine zittern und ich habe höllische Kopfschmerzen.

Sie alle haben mir weh getan.

Nachdem die anderen beiden Männer gegangen waren, habe ich mich auf dem Boden zusammengerollt.

Ich kann kaum noch meine Augen geöffnet halten, denn ich bin erschöpft vom ganzen Schreien und vom ganzen Wehren.

Wie konnte Alessandro mir das antun?

Weinend schließe ich die Augen vor Erschöpfung, denn ich kann nicht mehr.

Plötzlich wird mir schwarz vor Augen und ich verliere mein Bewusstsein.

Alessandro Bellucci

Ich betrete mein Schlafzimmer und sehe Sierra eingerollt auf dem Boden liegen. Sie ist voller Blut und ich erkenne, dass ihre Lippe aufgeplatzt ist.

Es stört mich nicht, dass Antonio und Giovanni sie verletzt haben. Ihre Pussy ist voller Blut, was mir eine Genugtuung gibt.

Sie hat Schmerzen, was gut ist. Sie soll lernen, wo ihr Platz in diesem Haus ist. Wahrscheinlich haben Antonio, Giovanni und ich sie zu hart gefickt, aber das ist mir egal.

Sie ist sowieso nur eine Nutte, mit der man Spaß haben kann, also soll sie nicht so übertreiben.

Andere Frauen betteln mich an, dass ich sie ficke, aber dieses Missstück weint. Sie sollte wissen, dass ich immer bekomme, was ich will.

Ich bücke mich zu ihr und rüttle an ihr, doch sie reagiert nicht.

Sie ist bewusstlos.

Ich verdrehe meine Augen und lasse sie auf dem Boden liegen. Wieso müssen Frauen immer so übertreiben?

Ich ziehe mir mein Hemd und meine Hose aus, lege mich in meinen Boxern in mein Bett und lege meine Arme hinter meinen Kopf.

Von heute an werde ich Sierra das Leben zur Hölle machen.

Sie denkt, sie könnte mich verlassen?

Gott, ist sie dumm.

Ich werde sie so oft ficken, wie ich will, wann ich will und wo ich will und sie kann nichts dagegen tun.

Sollte sie sich jedoch verweigern, werde ich sie schlagen.

Sie wird Angst vor mir haben, was perfekt ist.

Desto mehr Angst sie hat, desto mehr gehorcht sie.

Kapitel 25

Alessandro Bellucci

3 Jahre zuvor

Sanfte Sonnenstrahlen wecken mich auf und die Erinnerung an gestern kommt wieder in mein Gedächtnis.

Sierra war so eng um meinen Schwanz, dass ich nur bei dem Gedanken an gestern wieder hart werde.

So eng.

So unschuldig.

Genau etwas für mich.

Ich schaue zum Boden und sehe Sierra immer noch eingerollt auf dem Boden liegen.

Ich stehe vom Bett auf und gehe auf sie zu.

»Was mache ich ab jetzt nur mit dir, mi amor?«, flüstere ich ihr zu und zerre sie hoch, wodurch sie erschreckt erwacht und mir mit Furcht in die Augen blickt.

Das ist gut.

Sehr gut sogar.

»Guten Morgen, mia bella«, sage ich zu ihr und grinse sie an. Ihre Augen weiten sich und sie wirkt, als würde sie gleich in Tränen ausbrechen.

»Du hast ...«, fängt sie an zu sprechen, doch ihre Stimme bricht mitten im Satz. »Du hast mich gestern vergewaltigt«, sagt sie leise und eine Träne macht sich ihren Weg über ihre Wange, die ich ihr mit meiner rechten Hand wegwische.

»Du verdammtes Arschloch, hast mich vergewaltigt!«, schreit sie. Ich drücke sie gegen die nächstgelegene Wand und ziehe ihr Gesicht nah an meins.

»Wag es dich, davon jemandem zu erzählen, ich schwöre dir, Sierra, ich werde dein Leben zerstören. Dann wirst du dir wünschen, dass ich dich nur vergewaltige, denn dann tue ich viel schlimmere Dinge, als dich zu ficken!«, zische ich, weswegen sie zurückschreckt.

»Fick dich, Alessandro!«, sagt sie. Ich greife in ihr Haar, ziehe es und knalle dann ihren Kopf gegen die Wand hinter ihr. Sie stöhnt durch Schmerz auf und ich umgreife ihre Kehle und drücke zu.

Sie versucht, meine Hand von ihrem Hals wegzuschlagen, doch ihr Versuch scheitert.

Sie denkt doch nicht wirklich, dass sie eine Chance gegen mich hat.

Wie erbärmlich.

Sie versucht gequält Luft zu holen, doch es gelingt ihr nicht.

Vielleicht sollte ich sie umbringen.

Aber wo bleibt da der Spaß?

Ich lasse sie los und zische: »Erhebe deine Stimme nie wieder gegen mich, ist das klar?«

Sie streift mit ihrer Hand über ihren Hals, da wo eben noch meine Hand drauf war, und schaut mich mit ihren Tränen befüllten Augen an.

»Wie bist du nur so geworden, du beschissener Bastard!«, flüstert sie und meine Geduld ist geplatzt. Ich schmeiße sie auf den Boden und klettere über sie.

Ich balle meine Hand zu einer Faust und schlage auf sie ein.

»Wer denkst du, wer du bist, puttana!«, schreie ich sie an und schlage wieder auf sie ein. Sie versucht mich von ihr herunterzuschubsen, doch sie ist zu schwach. Sie fängt an zu weinen und ihr Gesicht ist jetzt blutüberströmt.

Ich ziehe ihre Haare mit der einen Hand und mit der anderen schlage ich weiter auf sie ein. Es gefällt mir, sie so schwach und verletz zu sehen.

Ich schlage weiter auf sie ein, denn sie verdient es nicht anders. Plötzlich verliert sie ihr Bewusstsein und wird bewusstlos.

Ich verdrehe die Augen, erhebe mich von ihr, nehme sie in meine Arme und lege sie in mein Bett.

Die Wunden, die ich ihr zugefügt habe, sehen schlimm aus, doch es interessiert mich nicht. Aber da ich es nicht riskieren möchte, dass sie stirbt, hole ich meinen Verbandskasten.

Kapitel 26

Kaden Crawford

»Kaden, können wir bitte zusammen raus. Es ist mir auch egal, wohin du mich bringst«, bettelt sie mich jetzt zum dritten Mal an.

Wäre unsere Situation anders, würde ich mit ihr überallhin gehen, wohin sie möchte, aber solange Alessandro und seine Brüder auf freiem Fuß sind, kann sie das vergessen.

»Sierra, ich sage es dir zum dritten und letzten Mal, nein«, antworte ich ihr frustriert. »Ich hätte doch dich an meiner Seite, also wo ist das Problem?« Sie fragt mich doch nicht wirklich, wo das Problem ist.

»Das Problem ist, dass Alessandro und seine Brüder noch auf freiem Fuß sind und dich draußen ganz leicht entführen können, und das werde ich nicht riskieren«, erkläre ich ihr. Meine kleine Blume verzieht ihr Gesicht.

»Alessandro, kann mich mal!«

Ich ziehe überrascht meine Augenbrauen in die Höhe. Solche Worte aus ihrem zuckersüßen Mund zu hören, ist falsch.

Ich weiß, dass sie vieles wegen dieses Teufels nicht mehr machen kann, und es bricht mir das Herz, wenn ich ihr manche Wünsche verweigern muss. Plötzlich überkommt mich eine Idee, die vielleicht für Sierra ein Kompromiss dafür sein könnte, weil ich mit ihr nicht rausgehe.

»Wie wäre es, mit einem Picknick in meinem Garten heute Abend, unter dem Sternenhimmel? Es wäre dieses Mal zwar ohne Sternschnuppen, aber wir würden trotzdem eine angenehme Zeit haben.« Sierra lächelt mich an und antwortet: »Ich denke, es ist eine tolle Idee.«

Ich habe alles im Garten vorbereitet, während Sierra sich das Hörbuch von Stolz und Vorurteil angehört hat, aber dabei ist sie auf der Couch eingeschlafen. Sie ist einfach nur wunderschön.

Da ich sie nicht direkt wecken wollte, als ich fertig damit war, alles vorzubereiten, habe ich ein wenig nachgedacht.

Um genau zu sein, ich habe an Alessandros Brief gedacht.

Er hat geschrieben, dass er mir auch Leid zufügen möchte, was ich auch ein wenig verstehen kann, immerhin habe ich nicht nur seinen Vater hinter Gittern gebracht, sondern auch fast alles an ihren Geschäften zerstört.

Aber ein schlechtes Gewissen habe ich nicht. Wieso sollte ich auch, das Einzige, was ich bereue, ist es nicht besser aufgepasst zu haben, um Alessandro und seine Brüder wegzusperren.

Dann würde Sierra jetzt nicht blind in einem Rollstuhl und traumatisiert vor mir liegen.

Es hat mich überrascht, dass sie sich auf eine Beziehung mit mir eingelassen hat, denn sie weiß nicht, ob ich nicht doch so bin wie Alessandro, aber ich bin glücklich, dass sie dieses Vertrauen in mich hat und denkt, dass ich nicht so bin wie er.

Aber hätte ich damals Alessandro und seine Brüder ins Gefängnis gesteckt, dann hätte ich Sierra nie kennengelernt und allein der Gedanken bereitet mir Bauchschmerzen.

Ich möchte mir kein Leben ohne sie vorstellen, denn seitdem sie in meinem Leben ist, habe ich einen Grund morgens aufzustehen und mich auf meinen Tag zu freuen.

Immerhin weiß ich, dass sie neben mir liegt und mir meinen Tag versüßen wird.

Aber mir wäre es trotzdem lieber, dass sie Alessandro nie begegnet wäre, auch wenn das bedeutet, dass ich sie nie kennengelernt hätte.

Im gewissen Sinne ist es meine Schuld, dass er ihr all das angetan hat. Hätte ich meinen Job richtig gemacht, wäre das alles nie passiert.

Ich gehe zu ihr und versuche sie zu wecken. Sierra ist eine richtige Schlafmütze, immer wenn ich sie aufwecke, schläft sie fünf Minuten später wieder ein.

Ich verkneife mir mein Grinsen und hauche ihr einen Kuss auf den Scheitel.

»Sierra, wach auf«, sage ich leise und küsse sie auf die Wange.

»Lass mich schlafen, Kaden«, sagt sie grimmig und dreht ihren Kopf zur Seite.

Ich küsse sie jetzt ihren Kiefer entlang und entgegne: »Aber wer soll nun die ganzen Schoko überzogenen Erdbeeren essen?« Plötzlich setzt sie sich aufrecht hin und wirkt hellwach.

Ich verkneife mir mein Grinsen, denn ich wusste ganz genau, dass ich sie so wach bekomme.

Sierra liebt Schoko überzogene Früchte, und ich könnte meinen, dass wenn sie die Wahl zwischen mir und den Früchten hätte, würde sie die Früchte wählen.

Ich nehme Sierra im Brautstyle in meine Arme und bringe sie in meinen Garten. Draußen angekommen, setze ich sie vorsichtig auf die Decke und setze mich dann neben sie.

»Wo sind die Erdbeeren?«, fragt sie ungeduldig. Ich nehme die Schale mit den Erdbeeren und gebe sie ihr. Sie nimmt sich eine und beginnt sie zu essen. Ich beobachte sie dabei, denn sie sieht so süß aus, mit der Schale in der Hand. Sie wirkt so konzentriert, während sie ihre Erdbeeren isst.

»Kaden, du bist so süß zu mir. Alessandro hat mir nie Schokoerdbeeren gemacht und er sagte immer, ich solle weniger essen, da ich zu dick bin.« Mein Lächeln erstirbt auf ihre Worte hin.

Er hat meine Blume als zu dick bezeichnet?

Wenn ich diesem Bastard begegne, werde ich ihn umbringen. Keiner nennt meine kleine Blume dick!

Sie ist wunderschön!

»Er hat dich dick genannt?«, frage ich sie nochmal, nur um sicherzugehen, dass ich mich nicht verhört habe.

»Ja«, antwortet sie knapp. »Merk dir eins, Sierra, du bist nicht dick und ich werde dir noch tausend weitere Male Schokoerdbeeren machen. Außerdem werde ich nicht zulassen, dass jemand dich je wieder als zu dick betitelt, denn du bist das Schönste, was ich je gesehen habe«, sage ich, woraufhin sie die Schale in ihrer Hand auf Seite legt und mich küsst.

Ich erwidere ihren Kuss und lege meine Hände an ihr Gesicht und ziehe sie näher an mich.

Sie verlangt nach Einlass mit ihrer Zunge, die ich ihr gewähre, und kurze Zeit später kämpfen unsere Zungen miteinander.

Fuck, ihre Lippen sind für mich gemacht.

Ich ziehe sie auf meinen Schoß und lege meine Arme um ihren Rücken. Ich kriege einfach nicht genug von ihr. Meine Hand vergräbt sich in ihrem Haar und ich weiß jetzt schon, dass Sierra Grey mein Untergang sein wird.

Kapitel 27

Kaden Crawford

5 Jahre zuvor

Dieser Kerl bringt mich noch um. Er kann doch nicht wirklich von mir erwarten, dass ich diesen Fall annehme! Es gibt viel bessere Polizisten, die für diesen Fall besser geeignet sind als ich. Und dann soll ich auch noch bei so einem wichtigen Fall mit Adrian arbeiten, der nur Unsinn im Kopf hat?

Das kann nicht gut laufen.

Es wird nicht gut laufen.

»Kaden, das ist unsere Chance, um unseren Boss zu beweisen, dass wir genauso gut in unserem Job sind, wie alle anderen. Du weißt, wie skeptisch er war, als wir unser Vorstellungsgespräch bei ihm hatten. Wir arbeiten seit sechs Monaten schon hier und das ist der erste große Fall, den wir bekommen«, versucht er mich zu überzeugen. Ich weiß, dass er recht hat, aber eine Mafia aufdecken und sie alle ins Gefängnis stecken? Sind wir wirklich für so einen Fall gemacht?

»Was ist, wenn wir es vermasseln? Du weißt, wir wären sofort gefeuert. Lass uns den Fall abgeben, irgendwann werden wir einen Fall bekommen, dem wir gewachsen sind, und bis dahin können wir weiterhin auf Streife gehen. Ich meine, was ist denn so schlimm dabei, den ganzen Tag im Auto zu sitzen und zu gucken, dass alles in bester Ordnung ist?« Er hebt seine rechte Augenbraue an und wirkt gar nicht überzeugt von dem, was ich gesagt habe.

»Wenn du lieber auf Streife fahren willst, dann viel Spaß, ich allerdings brauche etwas Action in meinem Leben«, sagt er.

Wenn er denkt, dass ich ihn bei diesem gefährlichen Fall allein lasse, dann kennt er mich wohl gar nicht.

»Okay, wir werden diesen Fall zusammen erledigen. Sollte aber etwas Schlimmes passieren ist es deine Schuld.« entgegne ich.

Adrian verdreht seine Augen und lehnt sich an die Wand hinter ihm, dann blickt er mir in die Augen und versucht sich sein grinsen zu unterdrücken.

»Da gibt es noch eine Sache, die ich dir sagen muss.« Was hat er schon wieder getan?

»Eigentlich ist es dein Fall, ich soll dir nur dabei helfen«, sagt er. Das kann er nicht ernst meinen.

Verdammt, ich will diesen Fall doch gar nicht. Und er soll nur für Hilfe da sein?

Was hat er davon? Er sagte, wenn *wir* diesen Fall erledigen, wäre das unsere Chance, aber, es wäre doch dann eher meine Chance und nicht seine.

Gott, er kann mich mal!

»Du weißt schon, dass du nichts davon hast, wenn ich diesen Fall erledige«, entgegne ich.

Er schüttelt nur den Kopf und drückt mir einen Zettel in die Hand.

Ich schaue auf den Zettel und sehe die Schrift unseres Bosses.

Mr. Kane, ich habe eine Aufgabe für sie. Wie sie wissen, ist Mr. Crawford etwas stur, was den Bellucci Fall angeht.

Ich bin nicht stur. Nur weil ich den Fall nicht will, heißt es noch lange nicht, dass ich stur bin.

Ich bitte sie darum, Mr. Crawford zu überzeugen, diesen Fall anzunehmen, denn das wäre eine große Chance für ihn. Sie würden ihn bei diesem Fall helfen, und wenn sie die Bellucci Mafia aufdecken und Carlos Bellucci und seine Cousins Alessandro, Antonio und Giovanni Bellucci ins Gefängnis stecken, werden sie beide Offiziell ihre Titel als Officer kriegen.
Also vermasseln sie beide es nicht.
Aus dem Grund will Adrian also, dass ich diesen Fall annehme. Aber bin ich wirklich bereit so etwas zu tun.

Ich lege den Brief beiseite und schließe meine Augen. Ich weiß wie viel Adrian der Titel als Officer bedeutet, also werde ich es tun.

Ich werde diesen Fall annehmen, denn er ist mein bester Freund und er würde das gleiche auch für mich tun.

»Ich werde den Fall annehmen«, sage ich und in Adrians Gesicht entsteht ein breites Lächeln.

»Wir werden unseren Boss nicht enttäuschen«, sagt Adrian und verlässt den Raum.

Kapitel 28

Kaden Crawford

5 Jahre zuvor

Ich könnte Adrian umbringen.

Kapitel 29

5 Jahre zuvor

»Adrian, du kannst doch nicht mitten in der Nacht bei mir einbrechen, mit einem Messer in der Hand!«, schreie ich ihn an. Ich lag in meinem Bett, bis ich plötzlich ein Geräusch aus meinem Badezimmer hörte. Als ich hineinging, erschreckte Adrian mich, während er eine Michael Myers Maske überhatte und ein Messer in der Hand hielt, an der Falsches Blut klebte.

Adrian lacht immer noch und legt die Maske und das Messer beiseite.

»Du hast wie ein kleines Mädchen geschrien«, sagt er lachend.

»Ich habe nicht wie ein kleines Mädchen geschrien!«, zische ich genervt.

Gott, wieso bin ich nur mit diesem Idioten befreundet?

»Und wie du wie ein kleines Mädchen geschrien hast. Egal, ich sollte dir wohl erklären, wieso ich hier bin.« Ja, das sollte er. »Ich wollte dich fragen, wie weit du mit dem Fall bist und dir erzählen, was ich herausgefunden habe.« Das kann er jetzt nicht ernst meinen.

»Und du konntest nicht einfach kurz anrufen oder einfach mal, ohne mir einen halben Herzinfarkt zu bescheren, wie ein ganz normaler Mensch bei mir an der Türe klingeln? Was ist falsch mit dir!« Adrian verdreht nur die Augen und grinst. »Wo bleibt da der Spaß?«, sagt er und geht in mein Schlafzimmer und legt sich in mein Bett.

»Ich habe herausgefunden, wo die Lager von den Belluccis sind. Ich habe auch herausgefunden, wie du ein Teil dieser Mafia wirst.«

»Wieso sollte ich ein Teil der Mafia werden wollen?«, frage ich ihn verwirrt. Adrian sieht mich an, als sei ich der dümmste Mensch auf Erden.

»Du könntest dir einen falschen Namen geben und so tun, als wärst du interessiert, Geschäfte mit ihnen zu machen und auch ein Teil von ihnen zu werden. Versuche Informationen zu kriegen und vernichte anschließend den Bellucci Clan«, entgegnet er.

Die Idee ist gar nicht mal so schlecht. Vielleicht ist es doch gut, dass Adrian mir bei diesem Fall helfen soll.

»Hast du schon einen genauen Plan im Kopf? Außerdem brauche ich dann noch einen neuen Namen plus einen gefälschten Ausweis. Ist unser Boss damit einverstanden?«

»Natürlich habe ich einen Plan, und unser Boss hat es genehmigt. Ich habe auch schon deinen neuen Ausweis bei mir. Hier fang.« Adrian holt den Ausweis aus seiner

Hosentasche heraus und wirft ihn mir zu. Ich fange ihn und sehe ihn mir an.

Der Ausweis sieht genauso aus wie meiner, nur dass ein paar Daten anders sind wie: Geburtstag, Geburtsort, eine andere ID und ein anderer Name.

Ich lese mir den Namen durch und muss grinsen.

Grayson Wheeler.

Das war der Name, den Adrian und ich immer benutzt haben, als wir auf der Highschool waren und Alkohol kauften. Wir beide hatten damals einen gefälschten Ausweis mit diesem Namen und es hatte auch immer geklappt, wenn wir Alkohol, Zigaretten oder andere Dinge holten, die man eigentlich erst mit 21 kaufen durfte.

Adrian bemerkt mein Grinsen und muss jetzt lachen.

»Kommt dir der Name bekannt vor?«, fragt mich Adrian, woraufhin ich nur nicke.

Manchmal vermisse ich unsere Highschool Zeit, aber ich bin auch glücklich, mit Adrian beim CPD zu arbeiten.

Kapitel 30

5 Jahre zuvor

Wie kann ich den mächtigsten Mafioso des Landes davon überzeugen, dass ich selbst einer bin? Adrian hatte mir gesagt, dass er ein Treffen mit mir und Carlos Bellucci arrangiert hat, und ich bin nervöser als vor meinem ersten Mal Sex.

Was ist, wenn er mich durchschaut?

Immerhin ist es keine Bewerbung für einen Job als Kaufmann, sondern ich soll ihn davon überzeugen, dass ich kriminell bin.

Ich werde es so vermasseln.

Hätte Adrian diesen Fall, hätte er seine Rolle als einen Mafioso perfekt gespielt und ich bin mir sicher, er hätte nicht einmal Hilfe von mir gebraucht.

Adrian hatte mir einen Fahrer besorgt, der mich zu einer der Lagerhallen von Carlos bringen würde, wo ich mich mit ihm treffe. Ich trage eine schwarze Anzughose mit einem schwarzen Hemd, denn ich sollte mich an den Style eines Mafiosos für die nächsten Wochen gewöhnen.

Ich habe diesen Fall nur für Adrian angenommen, weil ich weiß, wie sehr er sich den Titel als Officer wünscht. Schon als wir kleine Kinder waren, wollte er immer ein Officer werden, und wie könnte ich meinen besten Freund enttäuschen? Ich werde ihm nicht seinen Traum zerstören.

Der Fahrer hält vor der Lagerhalle an, bei der ich mich mit Carlos treffen soll. Ich bin etwas nervös, denn man trifft sich nicht jeden Tag mit einem Mafioso, aber es ist auch aufregend zugleich.

Ich betrete die Lagerhalle und sehe mir alles genau an. Überall liegen Kisten und man könnte meinen, dass es verlassen aussieht. Alles ist dunkel, obwohl wir gerade helligsten Tag haben. An den Wänden sind Bilder aus

Graffiti zu sehen, und ich bin mir ziemlich sicher, dass das nicht Carlos war.

Auf dem Boden liegen Spritzen und ich verziehe mein Gesicht.

Wo bin ich hier nur gelandet?

Es ist still hier. Zu still.

Plötzlich legt jemand eine Hand auf meine Schulter und ich zucke zusammen. Ich drehe meinen Kopf nach hinten und sehe einen Mann, ich schätze Mitte fünfzig, vor mir. Er hat dunkles Haar und blaue Augen.

Carlos Bellucci.

Er grinst mich an und stellt sich jetzt vor mich.

»Du solltest achtgeben. Du weißt nie, wer hinter dir stehen könnte«, sagt er in einem strengen Ton, während er noch am Grinsen ist. »Grayson Wheeler, richtig?«, fragt er mich.

Ich nicke. »Ja Sir.«

»Hast du das Zeug dabei?«

»Ja Sir«, sage ich und gebe ihm den Aktenkoffer mit den Ecstasy Pillen. Adrian hatte mir erzählt, dass die Belluccis das Zeug in ihren Clubs verkauften.

Carlos öffnet den schwarzen Aktenkoffer und betrachtet den Inhalt genau, dann sagt er etwas auf Italienisch und ein schwarz gekleideter Mann taucht hinter ihm auf und gibt mir eine Reisetasche.

»In der Tasche sind die fünfzigtausend Dollar drin, so wie besprochen.« Ich öffne die Tasche und sehe das Geld darin. Ich beginne die ganzen Scheine zu zählen, als würde ich sicher gehen wollen, dass die gesamte Summe, die vereinbart war, auch wirklich in der Tasche drinnen ist. Es ist mir egal, ob überhaupt Geld in der Tasche drinnen ist, denn dafür bin ich nicht hier. Mein Ziel ist es, in die Bellucci Mafia hinein zu kommen. Als Adrian unserem Boss erzählt hat, dass ich Drogen an Carlos Bellucci verkaufe, ist er fast ohnmächtig geworden. Trotzdem hat er die Pillen besorgt.

Immerhin wollte er, dass ich diesen Fall annehme, also muss er mir auch dabei helfen, an Drogen zu kommen.

»Was muss ich tun, um in die Bellucci Mafia zu kommen?«, platzt es aus mir heraus.

Fuck, habe ich das etwas laut gesagt?

Carlos dreht sich zu mir und zieht seine Augenbrauen hoch. Sein Blick verdüstert sich und er kommt ein paar Schritte auf mich zu.

Ich habe es komplett vermasselt. Ich werde hier nicht mehr lebend herauskommen.

Das wars dann mit meinem Leben.

»Wie bitte?« Da ich sowieso so gut wie tot bin, wiederhole ich meine Worte. Er schüttelt lachend den Kopf und kommt noch näher auf mich zu.

Mein Herz schlägt wie wild und ich spüre, wie mein Atem sich beschleunigt.

Er wird mich töten.

Fuck, er wird es tun.

»Wie kommst du darauf, dass ich einen Amerikaner wie dich in meine Mafia stecke? Woher soll ich wissen, ob du loyal bist? Woher weiß ich, dass du nicht irgendein aufgeblasenes Arschloch bist, das, um Aufmerksamkeit zu kriegen, in die Geschäfte einer italienischen Mafia einsteigen will? Nur weil du mir etwas Stoff verkauft hast, hast du noch lange nicht mein Vertrauen. Es gibt dutzende Dealer, die Ecstasy Pillen in Chicago verkaufen, also sei besser glücklich, dass ich dich am Leben lasse. Jetzt verschwinde aus meiner Lagerhalle, bastardo!«, zischt er. Ich blicke zum Boden, nehme die Reisetasche und verlasse Carlos Belluccis Lagerhalle. Ich muss mir etwas einfallen lassen, damit ich in diese Mafia hineinkomme. Ihm ist Loyalität wichtig, vielleicht sollte ich ihn davon überzeugen, dass ich loyal bin. Aber dafür brauche ich Adrians Hilfe.

Kapitel 31

5 Jahre zuvor

Fuck, Fuck, FUCK!
Er hätte mich umbringen können. Ich habe schon viel über Carlos Bellucci gehört, wie blutrünstig er ist, und dass man ihm lieber nicht über den Weg laufen sollte, und ich hatte Angst, denn er hätte mich umbringen können, doch er hat es nicht getan.
Vielleicht ist es Schicksal, dass er mich nicht getötet hat, vielleicht ist es auch nur Glück, aber eins weiß ich, ich muss in diese Mafia hineinkommen und sie aufliegen lassen.

Kapitel 32

Alessandro Bellucci

Wie konnte ich mich nur in eine Hure wie dich verlieben? Ich hätte dich umbringen sollen, als ich die Chance dazu hatte. Du denkst, dein neuer Freund kann dich vor mir beschützen?

Das kann niemand!

Du bist so gut wie tot, Sierra, ich werde dich in meine Finger kriegen, selbst mit einem Polizisten an deiner Seite.

Oh Sierra.

Meine kleine süße Sierra.

Genieße die Zeit, die dir noch bleibt, denn bald bist du bei mir.

Das verspreche ich dir.

Kapitel 33

Kaden Crawford

Ich sollte sie auf der Stelle heiraten. Sie gehört sowieso mir, denn ich werde sie nie wieder hergeben. Sie ist für mich geschaffen. Ich wäre dumm, wenn ich sie gehen lassen würde.

Ziemlich dumm.

Sierra ist einfach wunderbar, und wenn ich daran denke, was Alessandro ihr angetan hat, bricht mir mein Herz.

Sie ist so unschuldig, so rein.

Ich kann mir ein Leben ohne sie einfach nicht mehr vorstellen. Sie ist meine andere Hälfte, meine Seelenverwandte.

Und Gott, wenn jemand sie auch nur schlecht behandelt, werde ich denjenigen umbringen.

Ich bin besessen von ihr.

Sie ist mein.

Sierra hat sich in meinem Kopf eingenistet, und Fuck, ich werde sie auch nie wieder aus meinem Kopf lassen.

Ich gehe ins Wohnzimmer und sehe Sierra auf der Couch liegen, während im Fernsehen eine Doku über Dinosaurier läuft. Sie hört konzentriert zu und sieht dabei wunderschön aus. Ich setze mich zu ihr und drücke ihr einen Kuss auf ihre Stirn.

Sie lächelt mich an und zieht mich näher an sich und küsst mich innig.

Fuck, sie macht mich verrückt.

Ich erwidere ihren Kuss und ziehe sie währenddessen auf meinen Schoß.

»Kaden, ich habe dich vermisst«, flüstert sie in den Kuss hinein.

Ich löse mich von ihren Lippen und muss mir mein Grinsen verkneifen. Vielleicht ist sie genauso besessen von mir, wie ich von ihr?

»Ich war nur kurz duschen, Sierra«, sage ich grinsend.

»Ich habe mehr über den Tyrannosaurus Rex erfahren, während du *nur kurz* duschen warst«, sagt sie in einem ernsten Ton.

Ich fange an zu lachen über ihre Aussage.

»Ich mag den Tyrannosaurus Rex.« Sie versucht sich, ihr grinsen zu verkneifen, was ihr aber nicht gelingt.

Plötzlich versteift sich Sierra und wirkt jetzt ernster.

»Kaden, ich würde gerne etwas ausprobieren«

Kapitel 34

Kaden Crawford

5 Jahre zuvor

»Du hast ihn nicht wirklich gefragt, was du tun musst, um in seine Geschäfte mit einzusteigen? Bist du bescheuert!«, schreit Adrian mich an. Es war nicht mein hellster Moment, muss ich gestehen, aber woher soll ich wissen, wie ich in eine Mafia hineinkomme?

»Adrian, ich ...«, beginne ich zu sprechen, doch Adrian unterbricht mich. »Nein, du bist jetzt mal still. Deinetwegen werden wir diesen Fall verlieren!« »Hast du vergessen, dass es mein Fall ist? Selbst wenn ich diesen Fall verliere, ist es nicht so, als sei ich scharf darauf gewesen, diesen Fall zu kriegen. Wenn du dich genau daran erinnerst, hast du mich zu diesem Fall gedrängt, also tut mir leid, dass es nicht so gelaufen ist, wie du es dir wünschst, aber hör auf, mich unter Druck zu setzen! Wenn du willst, dass ich diesen Fall gewinne, dann hilf mir, in die Bellucci Mafia hineinzukommen«, platzt es aus mir heraus. Adrian blickt mir finster in die Augen, doch er fasst sich wieder und nickt.

»Hast du schon eine Idee, was du jetzt tun kannst?«, fragt er mich. Ich schüttle meinen Kopf.

»Nein, aus dem Grund wollte ich dich fragen, ob du vielleicht eine Idee hast«, entgegne ich. Adrian lehnt sich an den Schreibtisch hinter ihm und wirkt gedankenverloren.

»Ja, ich habe eine Idee. Wir sollten einen *Angriff* auf Carlos planen und du wirst ihn vor diesem *Angriff* retten.« Ein inszenierter Angriff ist gar nicht mal so eine schlechte Idee. Somit würde ich Carlos meine Loyalität beweisen und in die Bellucci Mafia hineinkommen.

Fuck, die Idee ist brillant!

»Wie genau stellst du dir den Angriff vor? Und wer wird den Angriff durchführen?«, frage ich Adrian interessiert.

Adrian grinst mich an.

»Wir werden eine Bombe neben der Lagerhalle, wo er ein Geschäft am Montag durchführen wird, platzieren und du wirst ihn retten. Wir werden darauf achten, dass keiner verletzt wird, aber es so aussieht, als hätten wir es vor. Und zu deiner anderen Frage, ich werde den Angriff durchführen.«

Kapitel 35

Kaden Crawford

5 Jahre zuvor

Heute ist der Tag, an dem der Angriff stattfinden wird. Um ehrlich zu sein, bin ich ziemlich nervös. Was ist, wenn ich es schon wieder vermassele? Oder was ist, wenn Carlos bemerkt, dass der Angriff etwas mit mir zu tun hat? Er würde mich ohne zu zögern umbringen. Da bin ich mir zu hundert Prozent sicher.

Adrian und ich sind den Plan 8-mal durchgegangen und eigentlich sollte alles so laufen wie geplant, aber es kann immer etwas schiefgehen.

Heute ist der Tag meines Untergangs oder meines Erfolges.

Mal sehen, was eher zutrifft.

»Bist du bereit, Kaden?«, fragt Adrian mich.

Ich weiß es nicht. Ich weiß, es verdammt noch mal nicht. Das ist es, was ich ihm sagen möchte, doch stattdessen sage ich: »Ja, das bin ich.« Mein Gesicht bleibt ernst, aber innerlich zittere ich.

Carlos ist einer der mächtigsten Menschen auf Erden und ich? Ich bin nur ein Polizist, der noch nicht einmal den Titel des Officers hat.

»Dann lass uns beginnen.«, sagt Adrian grinsend.

Ich gehe Richtung Lagerhalle und bleibe davor stehen. Ein letztes Mal blicke ich über meine Schulter und blicke Adrian in die Augen. »Falls ich das hier nicht überleben sollte, ist es deine Schuld«, rufe ich ihm zu.

Adrian verdreht nur seine Augen und zeigt mir seinen Mittelfinger.

Arschloch.

Ich drehe mich wieder zur Lagerhalle und atme tief durch, bevor ich hineingehe.

Du schaffst das schon.

Langsam gehe ich den Gang entlang und höre leise Stimmen.

Mit jedem Schritt, den ich gehe, werden die Stimmen lauter und ich erkenne Carlos Stimme.

»Maledetto figlio di puttana, pensi che ti lascerò farla franca, bastardo?«

Ich habe keine Ahnung, was er sagt, aber wenn ich raten müsste, dann würde ich auf nichts Gutes wetten.

Mein Herz hämmert immer lauter in meiner Brust, sodass ich schon glaube, es hören zu können.

Adrian hat sich gestern Abend in Carlos Handy hinein gehackt, und mir damit eine Nachricht geschrieben, dass ich um 15:10 Uhr mit den Pillen in seiner Lagerhalle sein soll, damit ich eine Ausrede hätte, warum ich da bin.

Oder eher gesagt, dass es so aussieht, als wolle jemand uns beide an diesem Ort haben, für den Bombenangriff.

Das unser Boss uns seine Einverständniserklärung für die Bombe gegeben hat, verwundert mich immer noch, aber ich erinnere mich an sein Grinsen, als Adrian ihm von seinem Plan erzählt hat.

Arbeite ich nur mit Psychos zusammen?

Ich schaue auf den Aktenkoffer mit den Ecstasy Pillen und muss schmunzeln.

Dieser Plan ist perfekt.

Vorsichtig betrete ich den großen Raum und sehe, dass Carlos mit einem anderen Mann über etwas diskutiert.

»Carlos, per favore …non volevo che ciò accadesse. Per favore, credimi.« Der Mann gegenüber Carlos wirkt aufgebracht, wenn nicht sogar verängstigt.

Plötzlich zieht Carlos eine Pistole zum Vorschein und schießt dem Mann ins Bein

»Merda!«, schreit der Mann und fasst sich an die verwundene Stelle. Carlos sieht ihn ungerührt an und sinkt langsam die Waffe in seiner Hand.

»Fanculo Carlos, non sono stato io, lo giuro!«

Worüber reden die beiden?

»Sono stanco di tutti i tuoi giochi. Marcisci all'inferno, bastardo!«, sagt Carlos, bevor er dem Mann in den Kopf schießt.

Fuck! Ich sollte hoffen, dass er diesen Plan nicht durchschaut, sonst bin ich wahrscheinlich auch bald tot.

Mit erhobenem Kopf und festem Griff um den Aktenkoffer gehe ich auf ihn zu.

»Sir, sie sagten, dass wir uns allein treffen würden.«, sage ich zu ihm. Carlos dreht sich zu mir um und blickt mich mit hochgezogenen Augenbrauen an.

»Was tust du hier? Ich kann mich nicht erinnern, mit dir ein Treffen vereinbart zu haben.«

»Sie haben mir gestern Abend eine Nachricht geschrieben, dass ich mich heute um 15:10 Uhr mit ihnen in ihrer Lagerhalle treffen, und die Pillen nicht vergessen soll.« Ich versuche genauso verwirrt zu wirken, aber es fällt mir schwer, wenn ich mir auch Gedanken machen muss, ob ich in fünf Minuten noch am Leben bin.

Carlos sieht mir mit einem nahezu giftigen Blick in die Augen und versucht mich zu durchschauen.

»Ich habe dir keine Nachricht geschrieben, also sag mir jetzt besser, was du hier verloren hast, bevor ich dir die Kehle aufschlitze!«

Okay, ich bin so gut wie tot.

»Sir, ich kann Ihnen die Nachricht zeigen, wo sie mir geschrieben haben, dass ich um 15:10 Uhr hier sein soll«, sage ich und hole mein Handy aus meiner Hosentasche. Das Handy ist nicht mein richtiges, sondern nur für die *Geschäfte* mit Carlos gedacht.

Ich öffne den Chat, in dem Adrian mir die Nachricht gesendet hat.

Ich gebe ihm mein Handy, und Carlos' Gesichtszüge verdunkeln sich.

»Das ist zwar meine Nummer, aber ich habe diese Nachricht nicht …« Plötzlich explodiert die Bombe, für die Adrian zuständig ist, und Carlos und ich werden durch den Raum geschleudert.

Carlos stößt gegen die Wand, und ich bemerke eine Wunde an seinem Kopf.

Fuck!

Adrian meinte, keiner würde verletzt werden.

Ich stehe mit Schmerzen auf und mache meinen Weg zu Carlos, um ihm zu helfen.

Dies ist meine einzige Chance, meine Loyalität zu beweisen.

»Sir, wir sollten hier verschwinden«, sage ich und helfe ihm auf die Beine. Er nickt und wir begeben uns auf den Weg zum Hintereingang der Lagerhalle.

Carlos fasst sich an seine Wunde am Kopf und zuckt zusammen.

Wieso hat Adrian die Bombe so nah an uns platziert?

Es hätte schiefgehen können.

In der Ferne mache ich den Hintereingang aus, und als Carlos und ich unser Tempo erhöhen, ertönen Schüsse.

Was zur ...

Hinter uns steht ein maskierter Mann mit einer Pistole in seiner Hand.

Das war aber nicht vereinbart.

Er zielt mit der Pistole auf Carlos und drückt ab. Alles geschieht in Zeitlupe und ohne lange zu überlegen, schubse ich Carlos weg und fange den Schuss ab.

»Scheiße!«

Ein Schmerz durchzuckt mich, den ich noch nie gespürt habe.

Es ist ein schrecklicher Schmerz.

Ich höre jemanden etwas sagen, kann die Person aber nicht verstehen, denn es fühlt sich an, als würde die Stimme sehr weit entfornt sein.

Mir wird schwarz vor Augen, bevor ich schließlich umkippe.

Kapitel 36

Kaden Crawford

»Kaden, ich würde gerne etwas ausprobieren.«

»Und das wäre?«, frage ich sie. Sierra wird nervöser und lässt ihren Kopf etwas sinken.

»Habe Sex mit mir. Zeige mir, dass es sich gut anfühlen kann. Ich will wissen, wie es sich anfühlt, gewollten Sex zu haben«, flüstert sie. Überfordert von dem, was sie gerade gesagt hat, setze ich mich aufrecht hin.

Okay, damit habe ich nicht gerechnet.

Ganz und gar nicht.

»Sierra, bist du dir sicher, dass du das willst. Ich will dir nicht weh tun. Nicht wie *er* es getan hat.«

Ich habe schon oft darüber nachgedacht, wie es wäre, Sex mit ihr zu haben, aber jetzt, wo es passieren könnte, habe ich Angst davor.

Angst davor, sie zu verletzen.

Sie nickt.

»Ja, Kaden, ich bin mir sicher, dass ich es will, und du wirst mir nicht weh tun, denn du bist nicht wie *er. Er* ist das rücksichtsloseste Arschloch, das es gibt, aber du bist anders«, sagt sie und nimmt meine Hand in ihre.

Ihre Worte bedeuten mir viel, dass sie das Vertrauen in mich hat, sie nicht zu verletzen wie Alessandro.

»Ich werde Sex mit dir haben, aber nur unter einer Bedingung. Du wirst mir sofort sagen, wenn ich dir weh tue, ist das klar?«, frage ich sie.

Sie nickt wieder.

Ich nehme sie in meine Arme und stehe auf.

Sierra klammert sich an mich und wenn ich ehrlich bin, bin ich wahrscheinlich nervöser als sie selbst.

Ich betrete mein Schlafzimmer und lege Sierra auf mein Bett.

»Bist du dir wirklich sicher?«, frage ich sie.

»Ja Kaden.«

Ich klettere über sie und küsse sie. Sie erwidert meinen Kuss und legt ihre Hand an meine Brust.

Unsere Zungen kämpfen miteinander, und der Kuss wird immer inniger.

Ich stöhne in den Kuss hinein, und meine Hand wandert zu ihrer Brust. Vorsichtig berühre ich sie und Sierra stöhnt auf.

Fuck, wie kann jemand nur so perfekt sein.

Ich öffne Sierras Bluse und streife sie von ihrem Körper ab.

Als Nächstes öffne ich ihren BH und entblöße ihre wunderschönen Brüste.

Ich küsse mich von ihrem Kiefer hinunter zu ihrem Hals und küsse mich langsam weiter hinunter zu ihren Brüsten.

Sierra, wenn du nur wüsstest, wie lange ich auf diesen Moment gewartet habe.

Meine Hände wandern zu ihrer Hose, die ich, ihr ohne zu zögern ausziehe.

Sie liegt so wunderschön entblößt vor mir und ich spüre, wie ich hart werde.

Ich streife ihren Slip von den Beinen und werfe ihn zu ihren anderen Sachen auf den Boden.

Sie ist wunderschön.

Sie ist perfekt.

Ich mache mich an meine Klamotten und ziehe mir mein Shirt aus. Als Nächstes öffne ich meinen Gürtel und ziehe mir dann meine Hose vom Körper.

Ich will sie spüren.

Langsam streife ich mir meinen Boxer vom Körper und stehe jetzt komplett nackt vor meinem Bett.

Ich klettere wieder über sie und ziehe sie in einen innigen Kuss und unsere Lippen verschmelzen sich.

»Bist du bereit?«

»Ja«, antwortet sie.

Ich spreize ihre Beine und positioniere mich zwischen ihnen.

Langsam stoße ich in ihre Mitte hinein und scheiße ist sie eng.

Sie fühlt sich perfekt an, als sei sie für mich gemacht worden.

Ich ziehe meine Länge aus ihr heraus und stoße wieder in sie hinein.

Fuck!

Ich stöhne leise auf und schließe meine Augen. Ich höre ein Wimmern von Sierra, weswegen ich meine Augen wieder öffne und sehe, dass Sierra Tränen in den Augen hat.

Scheiße, habe ich ihr weh getan?

»Sierra, ich ...«, versuche ich meinen Satz anzufangen, doch werde von ihr unterbrochen.

»Hör nicht auf. Mir geht es gut«, sagt sie.

Besorgt lege ich meine Hand an ihre Wange und wische die Tränen, die ihre Augen verlassen haben, weg.

»Kaden, mir geht es gut«, wiederholt sie, während sie meine Hand von ihrer Wange nimmt.

Ich gebe ihr einen leichten Kuss auf die Lippen.

Sie lächelt mich leicht an und flüstert: »Ich sagte, hör nicht auf.«

Na gut, wenn sie unbedingt dieses Spiel spielen will, wer bin ich, ihr es zu verweigern?

Vorsichtig bewege ich mich in ihr.

Meine Stöße sind langsam, damit ich sie nicht verletze.

Sierra stöhnt leise und krallt sich an meinen Rücken.

Langsam erhöhe ich mein Tempo und Sierras Stöhnen wird lauter.

»Fuck!«

Ich stoße immer schneller in sie hinein und ich küsse Sierra am Hals.

»Kaden!«, stöhnt sie meinen Namen.

Ihr Stöhnen ist wie Musik für meine Ohren.

»Ja, meine kleine Blume?«, frage ich sie und meine Hand wandert zu ihrer Pussy.

Ich weiß, was sie mir sagen will, denn ich spüre, wie sie enger um meinen Schwanz wird.

Ich reibe ihr Klit und Sierras Stöhnen wird immer unkontrollierter.

Meine Stöße werden immer schneller und ich spüre, wie ich meinem Orgasmus näherkomme.

Auch Sierra scheint fast ihren Orgasmus erreicht zu haben, weswegen ich mein Tempo erhöhe.

»Komm für mich, meine kleine Blume.«

Sierra krallt sich an meinen Rücken und kommt auf meinen Schwanz.

Ein letztes Mal stoße ich in sie hinein und spüre meinen Orgasmus über mich kommen. Ich ziehe mich aus ihr heraus und lege mich neben ihr ins Bett und ziehe sie zu mir und Sierra kuschelt sich an mich.

»Kaden, es war perfekt«, sagt sie außer Atem.

Ja, Sierra.

Es war verdammt noch mal perfekt.

»Sierra.«

»Mhm?«

Mit allem Mut, den ich besitze, sage ich diese drei Worte:

»Ich liebe dich.«

Sierra hebt ihren Kopf und lächelt mich an. Ihr Lächeln ist einfach nur atemberaubend.

»Ich liebe dich auch, Kaden«, entgegnet sie und zieht mich zu ihr herunter, um mich zu küssen.

Ich erwidere ihren Kuss und halte sie eng an mich.

Sie ist mein und ich werde sie nie wieder hergeben.

Niemals.

Kapitel 37

Du verdammte Hure.
Du bettelst ihn an, gefickt zu werden.
Wie erbärmlich.
Für ihn spreizt du deine Beine, aber was war mit mir?
Du hast einen auf unschuldig gemacht und behauptetest, dass du auf die Ehe warten würdest, also was hat deine Meinung geändert.
Er hat dich zwar gefickt, aber deine Jungfräulichkeit gehörte trotzdem mir.
Selbst wenn du nicht freiwillig deine Beine für mich gespreizt hast.
Aber bald bist du wieder bei mir, und dann werde ich dich so hart ficken, dass du deinen eigenen Namen vergisst.

Kapitel 38

Kaden Crawford

5 Jahre zuvor

Wieso tut mein Kopf so weh? Langsam öffne ich meine Augen. Ich spüre, dass ich in einem weichen Bett liege.

Moment Mal.

Das ist nicht mein Bett!

Ich setze mich hastig aufrecht hin und spüre einen unerträglichen Schmerz an meiner Brust.

Ich verziehe mein Gesicht vor Schmerzen und lege meine Hand an meine Brust.

»Du solltest dich ausruhen, Grayson«, sagt eine Stimme neben mir. Ich drehe meinen Kopf zu der Stimme und sehe, dass es Carlos ist.

»Wo bin ich?«, frage ich verwirrt.

Carlos lächelt mich an und legt seine Hand auf meine.

Wieso lächelt er mich an?

»Du bist in meiner Villa«, sagt er, während er mir in die Augen blickt.

»Grayson, ich möchte dir danken, dass du dein Leben für meins aufs Spiel gesetzt hast, und das hat mir deine Loyalität bewiesen, weswegen du dir einen Platz in meiner Mafia verdient hast.«

Meine Augen weiten sich.

Ich habe es geschafft.

Ich habe es, verdammt noch mal, in Carlos Belluccis Mafia hineingeschafft.

Plötzlich kommen mir die Erinnerungen von der Schießerei vor Augen

Fuck, ich wurde angeschossen!

Carlos bemerkt die Panik in meinen Augen und beginnt zu sprechen.

»Der Schuss landete direkt neben deinem Herzen, du hast Glück, dass du überlebt hast.«

»Wissen sie, wer das war, Sir?«, frage ich ihn. Er nickt.

»Es war die russische Bratwa. Um genau zu sein, Nikolai Morosows Bratwa. Unsere Clans sind schon lange verfeindet«, sagt Carlos.

»Nichtsdestotrotz möchte ich, dass du meine Cousins kennenlernst, denn immerhin bist du von nun an ein Teil meines Clans. Ihre Namen sind Alessandro, Giovanni und Antonio.«

Kapitel 39

Alessandro Bellucci

5 Jahre zuvor

»Ich verstehe nicht, wieso unser Vater irgendwelche Bastarde unsere Namen gibt und behauptet, es seien seine Cousins. Und das schon seit Monaten!«, sagt Antonio dramatisch. Ich verdrehe nur meine Augen, da mein Vater mir den wahren Grund erzählt hat, warum er es tut.

Sein Ziel ist es, mich, Antonio und Giovanni vor dem CPD zu beschützen. Er meinte, dass der Boss vom CPD unseren Geschäften immer näherkommt, weswegen er drei unserer Männer unsere Namen gab und behauptete, dass es seine Cousins sind, damit ich und meine Brüder, falls das CPD unsere Leute ins Gefängnis bringt, unsere Geschäfte weiterführen, während die falschen Kerle mit unserem Namen im Gefängnis sitzen.

Mein Vater ist kein dummer Mann, denn für alles, was er tut, hat er einen Grund.

»Und jetzt will er auch noch einem Typen namens Grayson Wheeler seine *Cousins* vorstellen. Ich verstehe unseren Vater einfach nicht!« Giovanni blickt Antonio genervt in die Augen.

»Unser Vater hat für alles einen Grund, vertraue ihm einfach«, entgegnet Giovanni desinteressiert.

»Ja, aber ...«, bevor Antonio seinen Satz beenden kann, unterbreche ich ihn.

»Es reicht! Wie Giovanni es gesagt hat, hat unser Vater für alles einen Grund, und hör auf alles zu hinterfragen und benimm dich wie ein Mann und nicht wie ein Kind!«, zische ich.

Dio, gehen die beiden mir auf die Nerven.

Antonios Blick auf mich verfinstert sich und Giovanni fängt an zu lachen.

»Aww, ist unser kleiner süßer Antonio jetzt wütend?«, sagt Giovanni belustigt.

Antonio starrt Giovanni mit einem Todesblick an, weswegen Giovanni noch lauter lacht.

Wieso habe ich solche Vollidioten als Brüder? Plötzlich betritt mein Vater den Raum mit einem verräterischen Grinsen.

»Alessandro, du solltest dich umziehen, immerhin willst du doch nicht zu spät zu deinem Date.«

Date?

Was für ein Date?

Will er mich verarschen?

»Wovon sprichst du, Vater?«, frage ich ihn und gehe auf ihn zu.

»Habe ich nicht erwähnt, dass du heute Abend ein Date hast? Wie unhöflich von mir.«, sagt er ironisch.

»Ich werde sicherlich nicht mit irgendeiner Hure zu einem Date gehen!«

»Oh doch, das wirst du, denn immerhin muss es so aussehen, als würdest du ein ganz normales Leben führen, falls die Polizei dich ins Visier nimmt. Nur für den Fall der Fälle.«

Sein teuflisches Grinsen entgeht mir nicht. »Sei in 2 Stunden im Celeste. Sei nicht zu spät«, sagt er, bevor er den Raum verlässt.

Kapitel 40

Alessandro Bellucci

5 Jahre zuvor

Ich betrete das Celeste und gehe zu der Empfangsdame. »Haben sie eine Reservierung, Sir?«, fragt die Blondine mich. Sie ist hübsch, aber für meinen Geschmack ist sie zu dick.

»Ich habe eine Reservierung unter dem Namen Bellucci.« Ihre Augen wirken nun angsterfüllt, weswegen ich mir mein Grinsen verkneifen muss. Der Name Bellucci ist einer der meist gefürchteten Namen auf Erden.

Eins muss ich meinem Vater lassen, er weiß, wie man Leute nur beim Namen erzittern lässt. »Wir haben keine Reservierung auf den Namen Bellucci«, sagt sie.

Verwirrt blicke ich sie an, bis mir einfällt, dass ich aus Sicherheitsgründen Alessandro Harper genannt werde, für den Fall, dass das CPD die Belluccis hinters Gitter bringt.

»Versuch es mit dem Namen Harper«, sage ich in einem ungeduldigen Ton.

Sie überspielt ihre Furcht mit einem gespielten Lächeln und führt mich durch das Restaurant zum VIP-Bereich.

Das Celeste ist ein italienisches Restaurant, das es seit 1912 gibt. Das Restaurant gehörte einst meiner Urgroßmutter, doch meine Mutter hatte es, als ich noch ein Kind war, verkauft. Mein Vater war außer sich, als er erfahren hatte, was sie mit dem Geschäft seiner Großmutter gemacht hat, weswegen er sie aus der Welt geschaffen hat.

Oder wie er es bezeichnen würde, ein Problem gelöst.

Die Empfangsdame bringt mich zu einem Tisch, wo eine wunderschöne junge Frau sitzt. Sie lächelt mich an und ich fühle mich verzaubert von ihr. Ich merke gar nicht, dass die Empfangsdame schon weggegangen ist, doch plötzlich holt die Schönheit vor mir mich aus meinen Gedanken.

»Ich bin Sierra und du bist Alessandro, richtig?«, fragt sie mich. Sie wirkt so unschuldig, dass ich den Drang verspüre, sie zu verderben.

Ich nicke auf ihre Frage hin. »Schön, dich kennenzulernen, Sierra.« Ich nehme ihre Hand in meine und küsse sie. Sie wird leicht rot, was ich süß finde. Vielleicht hat das Date etwas Gutes und ich kann sie heute ficken.

Ich brauche dringend wieder jemanden unter mir.

Wir setzen uns an den Tisch und ich erlaube mir einen genaueren Blick zu ihr. Sie hat blondes Haar, das leichte Wellen hat, und sie hat leuchtend grüne Augen. Ihre Lippen haben einen leichten rosa Ton und sie ist leicht geschminkt. Sie trägt ein schwarzes, enganliegendes Kleid, das ihre Kurven perfekt hervorbringt.

Ich könnte mir vorstellen, sie irgendwann noch einmal zu treffen.

Kapitel 41

Kaden Crawford

Sierra liegt in meinen Armen und ich muss an die Ereignisse von gestern Abend denken. Es war der beste Sex, den ich je hatte. Allein beim Gedanken werde ich wieder hart.

Sierra bewegt sich etwas und ein Lächeln zeichnet sich auf ihren Lippen ab.

»Guten Morgen, Kaden«, sagt sie leise, während sie ihr Gesicht in meinem Nacken vergräbt.

»Guten Morgen, meine kleine Blume.« Ich drehe ihren Kopf zu mir und drücke meine Lippen auf ihre.

Sie stöhnt in den Kuss hinein, was mir gefällt.

»Hast du eine Ahnung, wie sehr ich dich gerade ficken will?«, sage ich, während ich mich kurz vom Kuss löse, aber Sierra zieht meinen Kopf wieder zu sich und küsst mich innig.

»Dann tu es doch«, flüstert sie gegen meine Lippen.

Das lasse ich mir nicht zweimal sagen. Ich klettere, ohne zu zögern, über sie und küsse mich ihren Hals entlang, hinunter zu ihren Brüsten. Ich lecke über ihre zarten Nippel und Sierra keucht auf.

Ich bin besessen von ihr.

Langsam küsse ich mich weiter runter zu ihrem Bauch.

Ich spreize ihre Beine und hinterlasse leichte Küsse an ihren Oberschenkel und küsse mich weiter zu ihrer Pussy.

Vorsichtig lecke ich über ihr Klit und sauge leicht dran, was Sierra zum Stöhnen bringt. Ich dringe mit meiner Zunge in sie ein und sie schmeckt einfach göttlich.

Meine Zunge wandert wieder zu ihrer Klit, die ich sauge und lecke, was Sierra anscheinend gefällt. Plötzlich dringe ich mit meinem Zeige- und Mittelfinger in sie hinein.

»Fuck, Kaden!«, stöhnt sie.

Es klingt wie Musik in meinen Ohren. Ich stoße etwas schneller in sie hinein und lecke sie inniger.

Sierras Stöhnen wird immer lauter, und ich spüre, wie sie eng um meine Finger wird.

Sie ist kurz davor, zu kommen.

Ich entziehe mich von ihr, was sie gequält auf keuchen lässt.

»Keine Sorge, du wirst noch kommen, aber nicht mit meiner Zunge, sondern mit meinem Schwanz in dir.«

Ohne Vorwarnung dringe ich vorsichtig in sie hinein, weswegen Sierra sich an mich krallt.

Sie ist mein.

Zuerst bewege ich mich langsam in ihr, aber ich kann nicht widerstehen und erhöhe mein Tempo.

Leise stöhnend stoße ich in Sierra hinein.

Ich werde sie nie wieder hergeben.

Sierra legt ihren Kopf in den Nacken und stöhnt immer lauter.

»Kaden!«, stöhnt sie.

»Gefällt dir, was ich mit dir tue?«, frage ich sie und erhöhe dabei mein Tempo.

»Ja«, antwortet sie.

Neckend gleitet meine Hand zu ihrer Perle und flüstere in ihr Ohr:

»Ich habe dich nicht verstanden.« Leicht beiße ich ihr Ohrläppchen, wodurch sie aufkeucht.

»Fuck ja, Kaden!«, stöhnt sie.

Ich spüre, wie Sierra eng um meinen Schwanz wird. Ich stoße schneller in sie hinein und Sierras Atem wird immer unkontrollierter.

»Komm für mich, Sierra.«

Sierra krallt sich an meinen Rücken und ich spüre, wie auch mein Orgasmus immer näher rückt.

»Fuck, du machst mich verrückt nach dir«, zische ich und dringe noch härter in sie hinein.

Ich komme im selben Moment wie sie, und mein Stöhnen wird lauter.

Ich liebe sie.

Ich dringe noch ein letztes Mal in sie hinein, bevor ich mich von ihr entziehe.

Sie ist das Beste, was mir je passiert ist.

Ich lege mich neben sie ins Bett und ziehe sie an mich.

»Du bist mein, Sierra und ich werde dich nie wieder hergeben, denn als du bei mir eingezogen bist, wusste ich, dass ich etwas für dich fühle. Du hast mir den Kopf verdreht, Sierra.«

Kapitel 42

Kaden Crawford

5 Jahre zuvor

Vor mir stehen drei Männer. Carlos Cousins. Alle drei mustern mich skeptisch, und der Mann, der mir Carlos als Alessandro vorgestellt hat, sagt etwas auf Italienisch zu Carlos.

»Pensi che noterà che non siamo quelli veri?« Carlos Miene verfinstert sich. »No, non lo farà. Nessuno saprà mai chi sono quelli veri.«

Ein komisches Gefühl bereitet sich in meinem Herzen aus, aber vielleicht liegt es auch daran, dass ich angeschossen wurde. Ich versuche von dem Bett, auf dem ich den ganzen Tag schon lag aufzustehen, doch die

Schmerzen, die entstehen, während ich mich bewege, sind schrecklich.

»Grayson, du solltest dich ausruhen«, sagt Carlos in einem beängstigt ruhigen Ton, während er seine Hand auf meine Schulter legt.

Irgendetwas stimmt nicht und ich würde alles darauf verwetten, dass es an dem liegt, was Alessandro gesagt hat. Hat es vielleicht etwas mir der russischen Bratwa zu tun, von der mir Carlos am Vormittag erzählt hatte?

Eins weiß ich aber.

Carlos vertraut mir, da ich mein Leben für seins Opfern wollte.

Na ja, ich hatte nicht geplant angeschossen zu werden, sondern ihn nur wegzuschubsen, damit er nicht verletzt wird, doch das muss er nicht wissen.

Hoffentlich vermassele ich die ganze Mission nicht.

»Du bist also der Mann, der sein Leben, für das meines Onkels opfern wollte. Um ehrlich zu sein, habe ich mir dich ganz anders vorgestellt«, sagt der Mann neben Alessandro mit einem starken italienischen Akzent.

Giovanni war sein Name.

Er mustert mich von Kopf bis Fuß und sein Blick verharrt an dem Verband um meine Brust, worunter sich die Schießwunde befindet. »Wie hast du dir mich denn vorgestellt?«, frage ich ihn und lege den Kopf schief. Er grinst mich an und lehnt sich an die Wand hinter ihm.

»Ich habe mir dich größer und muskulöser vorgestellt.«

Größer?

Ich bin 1, 98 Meter groß.

Antonio, der neben Alessandro steht, fängt an, laut loszulachen.

»Größer? Der Typ ist doch schon ein Riese«, sagt er weiterhin lachend.

Und jetzt bin ich ein Riese. Na toll.

»Wir sollten ihn jetzt allein lassen, damit er sich ausruhen kann, immerhin wurde er angeschossen«, sagt Carlos in einem bestimmenden Ton. Die drei nicken und gehen zur Tür und Antonio und Giovanni verlassen den Raum, doch Alessandro mustert mich noch ein letztes Mal, bevor er den Raum verlässt.

Als Carlos und ich allein sind, lächelt er mich an.

»Ich danke dir, Grayson«, sagt er, bevor auch er den Raum verlässt.

Kapitel 43

Kaden Crawford

5 Jahre zuvor

Drei Wochen ist es her, seitdem ich angeschossen wurde. Es geht mir besser, zwar habe ich immer noch Schmerzen, aber nicht mehr so wie am Anfang. Ich kann mich auch wieder bewegen, ohne dass ich zu starke Schmerzen dabei habe. Carlos kam jeden Tag zu mir, um nach mir zu sehen, was mich etwas wundert.

Klar, ich habe sein Leben gerettet, aber trotzdem ist er ein kaltblütiger Mörder, also wieso sollte er nachsehen, wie es *mir* geht?

Vielleicht will er mich auch nur im Auge behalten.

Gestern Abend sagte er zu mir, dass er einen Schwachpunkt, der Morosow Bratwa finden wird, und damit das Morosow Imperium zerstören möchte. Dabei möchte er meine Hilfe. Die Morosow Bratwa ist genauso mächtig wie der Bellucci Clan, doch einen Unterschied gibt es. Die Morosow Bratwa tötet niemals ohne Grund, während der Bellucci Clan Leute umbringt, nur aus Vergnügen. Natürlich töten sie auch Menschen, die sich ihnen widersetzen, aber meistens tun sie es, weil es ihnen Spaß macht.

Es ist helligster Tag und jemand betritt mein Zimmer.

Es ist Carlos. Er lächelt mich an, was mir ein ungutes Gefühl im Magen gibt.

Ich hatte mich schon vor einer Stunde umgezogen, da ich wusste, dass Carlos, so schnell es geht, anfangen würde, nach einem Schwachpunkt der Morosow Bratwa zu suchen.

»Guten Morgen, Dornröschen, wir sollten anfangen«, sagt er, während er wieder den

Raum verlässt. Ich folge ihm, aber ich gehe deutlich langsamer als er, da ich mich nicht überanstrengen möchte.

Wir gehen durch den langen Flur zu einer Treppe, die ins obere Stockwerk führt. Die Treppe ist aus Holz und geht in eine Kurve nach oben. Langsam gehe ich die Treppe hinauf, während Carlos sich meinem Tempo anpasst. Oben angekommen biegen wir nach rechts, wo nur eine Tür zu sehen ist. Er öffnet die Tür, wo sich dahinter ein Büro befindet. An den Wänden ragen sich riesige Bücherregale, voller Erstausgaben von Klassikern. Vor dem riesigen Fenster steht ein Schreibtisch. Davor stehen zwei schwarze Ledersessel und hinter dem Schreibtisch steht ein schwarzer Drehstuhl.

Carlos setzt sich auf den Drehstuhl und deutet mir, dass ich mich hinsetzen soll.

Ich gehe zum Ledersessel und setze mich hin und beobachte jede Bewegung von Carlos. Er legt eine Akte auf seinen Schreibtisch und schiebt sie zu mir.

»In dieser Akte ist alles, was du über Nikolai und seine Bratwa wissen musst.«

Ich nehme die Akte und öffne sie. Dort ist ein Bild von Nikolai. Er hat braunes Haar und blaue Augen. Er ist groß und hat viele Tattoos. Er ist 35 Jahre alt.

Wäre ich eine Frau, wäre er wahrscheinlich mein Typ.

Ich blättere weiter und sehe eine Liste aller Geschäfte, die Nikolai gehören, unter anderem das Elysium Hotel.

Das Elysium Hotel ist das luxuriöseste Hotel in ganz Chicago.

»Wir werden ein Friedensangebot anbieten, und wenn Nikolai mir vertraut, werden wir einen Hinterhalt planen. In dieser Zeit suche ich nach seiner größten Schwäche.«

Kapitel 44

Kaden Crawford

5 Jahre zuvor

Ich verabscheue Carlos. Vor zwei Tagen erzählte er mir in seinem Büro seinen Plan und gestern sagte er, dass er Nikolai umbringen wird. Das kann ich nicht zulassen, immerhin bin ich ein Cop und sollte seine Mafia auffliegen lassen und nicht unterstützen. Carlos hat vor, mit seinen Cousins sich in einer Woche mit Nikolai zu treffen, wegen des sogenannten Friedensangebots, und ich soll dabei sein.

Ihm ist bewusst geworden, dass weder Nikolai noch seine Bratwa einen Schwachpunkt hat, weswegen seine einzige Lösung wäre, Nikolai zu töten. Ich habe meinem Boss einen Brief geschrieben, wo ich ihm genau beschrieben habe, wann und wo er, in einer Woche, mit den anderen Cops auftauchen soll, damit wir Nikolais Tod verhindern und Carlos und seine Cousins ins Gefängnis stecken können. Ich muss also bis zur nächsten Woche, so viel wie möglich über den Bellucci Clan herausfinden, ohne dass es jemand bemerkt.

Es könnte schlimmeres geben.

Gerade ist es 3:57 Uhr, wahrscheinlich schlafen alle. Vielleicht sollte ich jetzt schon anfangen, mich in der Villa umzusehen. Ich sollte in Carlos Büro beginnen.

Ich stehe vorsichtig vom Bett auf und gehe Richtung Tür. Langsam öffne ich sie, und trete in den langen Flur.

Ein mulmiges Gefühl macht sich in mir breit. Was, wenn ich erwischt werde?

Ich wäre sowas von Tot.

Auf dem Flur ist es stockdunkel, aber meine Augen gewöhnen sich ziemlich schnell an die Dunkelheit. Ich gehe die Treppe hinauf zum zweiten Stock und biege rechts ab und sehe die einzige Tür im Gang.

Carlos Büro.

Vorsichtig öffne ich die Tür und trete hinein.

Mein Körper beginnt zu zittern.

Verdammt, Kaden, krieg dich wieder ein! Es wird alles gut laufen.

Ich schließe die Tür hinter mir und sehe mich im Raum um. Es sieht alles so aus, wie vor zwei Tagen. Ich gehe zu Carlos Schreibtisch und sehe eine Schublade und öffne sie. Nicht abgeschlossen.

Ich grinse in mich hinein und durchwühle die ganzen Akten.

Es ist alles drinnen, was ich gesucht habe. Der Drogenhandel des Bellucci Clans, alle Geschäfte und Unternehmen, genauso wie alle Leute, die in diese Geschäften mit verwickelt sind.

Ich nehme mein Handy aus meiner Hosentasche und mache von allem ein Bild und sende es an Adrian.

Fuck, die Belluccis können ihre Tage zählen.

Ich lege alles wieder ordentlich in die Schublade und schließe sie, doch als ich gerade zur Tür gehen wollte, höre ich auf der anderen Seite eine Stimme.

Carlos Stimme.

Mein Herz bleibt stehen. Ich muss mich verstecken, sonst bin ich tot.

Ich könnte mich unter dem Schreibtisch verstecken, aber das wäre ziemlich dumm. Vielleicht hinter der Gardine? Die ist sehr dunkel, da müsste er mich nicht sehen. Ich verstecke mich hinter der Gardine und bemerke, dass hinter dem Fenster eine riesengroße Terrasse ist.

Ich öffne ein Fenster, steige hinaus, ziehe es zu und höre nur noch, wie jemand den Raum betritt. Schnell renne ich von der Terrasse zu der Treppe, die zum Garten führt.

Vom Garten aus renne ich zum Hintereingang und betrete so leise es geht die Villa und schleiche mich in mein Zimmer. Es war so knapp.

Er hätte mich entdecken können.

Ich öffne die Tür zu meinem Zimmer und schließe sie so leise wie es geht. Mit schwerem Atem lege ich mich in mein Bett.

Egal wie sehr mich Adrian jemals anbetteln wird, ich werde nie wieder einen Fall zur Mafia annehmen.

Nie.

Wieder.

Kapitel 45

Kaden Crawford

5 Jahre zuvor

Heute ist es so weit. Die Belluccis werden alle hinter Gitter kommen. Um ehrlich zu sein, kann ich es kaum erwarten, endlich von diesen Mistkerlen wegzukommen.

Als ich vor einer Woche in Carlos Büro die ganzen Unterlagen fotografiert und an Adrian geschickt habe, dachte ich, dass alles schiefgehen würde, doch zu meiner Überraschung ist alles gut gegangen.

Ich muss nur noch den heutigen Tag überstehen und dann ist es vorbei.

Carlos, seine Cousins und ich sitzen in der Limousine auf dem Weg zu Nikolais Anwesen.

Carlos gab mir heute Mittag einen Anzug und eine Uhr, die zusammen bestimmt mehr als mein Haus kosten. Ich habe Angst.

Es könnte etwas schiefgehen.

Alles wäre zerstört.

Nikolai wäre tot, alle vom CPD wären tot, und ich wäre tot.

Es könnte Schlimmeres geben, als den Tod, aber da lasse ich mich lieber von Adrian töten als von einem Mafioso, der mich häuten würde.

Die Limousine hält vor einem großen Tor an. Das Tor öffnet sich und wir fahren in die riesengroße Einfahrt des Anwesens.

Am Eingang stehen zwei Männer, wahrscheinlich zwei Sicherheitsleute. Als wir anhalten, kommt ein großer Mann mit dunklen Haaren auf uns zu.

Nikolai Morosow.

Carlos steigt als Erstes aus der Limousine aus, gefolgt von seinen Cousins und dann von mir. Nikolai begrüßt uns mit einem aufgesetzten Lächeln und begibt sich mit uns in sein Zuhause.

»Es hat mich überrascht, als ich deine Nachricht für ein Friedensangebot gelesen habe«, sagt Nikolai zu Carlos, während er uns zu seinem Wohnzimmer bringt. Angekommen setzt er sich auf einen schwarzen Ledersessel und deutet uns, dass wir uns auch hinsetzen sollen.

Carlos und ich setzen uns auf die Ledercouch gegenüber von Nikolai, während Alessandro, Giovanni und Antonio sich auf die Ledersessel neben uns setzen. »Wieso wollt ihr auf einmal Frieden zwischen dem Bellucci Clan und der Morosow Bratwa?«, fragt Nikolai Carlos, während er ihn von Kopf bis Fuß mit Misstrauen mustert. Carlos lächelt Nikolai an und beginnt zu sprechen.

»Mir ist bewusst geworden, wie töricht es ist, die Morosow Bratwa als Feinde zu haben und nicht als Verbündete.« Nikolai wirkt nicht gerade überzeugt von Carlos Worten.

»Ist das so? Aber was lässt euch glauben, dass ich dieses Friedensangebot annehme?«, fragt er amüsiert in die Runde.

Carlos wirkt nun nicht mehr so gelassen, wie als wir hier angekommen sind.

Nikolai ist viel jünger als Carlos und wahrscheinlich gefällt es Carlos nicht, dass jemand, der viel jünger als er ist, genauso viel Macht besitzt, wenn nicht sogar mehr.

»Vielleicht, weil wir als Verbündete viel stärker wären«, antwortet Carlos.

Nikolai schüttelt nur den Kopf.

»Ich habe schon sehr viel Macht und Stärke, da brauche ich nicht irgendwelche Verbündete, die mir in den Rücken fallen wollen.«

Carlos wirkt nun wütender.

Fuck, ich glaube, das könnte hier gleich eskalieren.

Wo zur Hölle sind Adrian und die anderen?

Carlos steht auf und geht zu Nikolai, der im selben Moment wie Carlos auf den Beinen ist.

»Vergiss nicht, Carlos, du bist in *meinem* Anwesen, also benimm dich.« Nikolai spuckt förmlich diese Worte in Carlos Gesicht.

»Und du solltest nicht vergessen, mit wem du sprichst, Nikolai.« Jetzt stehen auch Carlos

Cousins auf, doch in dem Moment stürzen die Cops ins Zimmer. Carlos, Alessandro, Giovanni und Antonio holen ihre Waffen hervor, während Nikolai sich nur erschlagen auf den Boden sinken lässt und die Hände genervt hebt, sodass man sieht, dass er keine Waffe in der Hand hält. Adrian geht zu ihm und legt ihm die Handschellen an.

»Adrian, lass ihn gehen, er gehört nicht zu ihnen«, rufe ich zu ihm, weswegen nicht nur Adrian, sondern auch Nikolai mich verwirrt ansieht.

»Er ist auch in der Mafia.« Ich verdrehe die Augen.

»Ja, aber er gehört zu den Guten.« Adrian zögert einen Moment, bevor er die Handschellen wieder abnimmt.

»Du hast Glück, dass mein Partner nicht möchte, dass ich dich verhafte«, sagt er zu Nikolai und wendet sich von ihm ab.

Carlos zielt mit seiner Waffe auf meinen Boss, der auch mit seiner Waffe auf ihn zielt. In der Zeit haben die anderen die Waffen von Alessandro, Antonio und Giovanni abgenommen und alle drei mit Handschellen abgeführt.

»Nimm die Waffe herunter, Carlos, deine Zeit ist vorbei«, sagt mein Boss, während Carlos nur lacht.

»Meine Zeit hat gerade erst angefangen«, Carlos entsichert seine Pistole und gerade, als er schießen wollte, stürze ich mich auf Carlos, der zu Boden fällt und gegen die Wand schießt. Sofort rennt mein Boss zu ihm und macht die Handschellen um seine Hände.

Carlos versucht sich zu wehren, doch es gelingt ihm nicht. Er blickt mir in die Augen und sein Blick verdunkelt sich.

»Ich hätte dir nie vertrauen sollen«, sagt er, bevor auch er abgeführt wird.

Es ist vorbei.

Es ist endlich vorbei.

Jemand stellt sich neben mich und beginnt zu sprechen.

»Danke, dass du verhindert hast, dass dein Freund mich festgenommen hätte. Ich schulde dir was.« Ich drehe mich zu ihm und lächle Nikolai an.

»Obwohl ich mich nicht zu den guten zählen würde«, sagt er, mit einem Grinsen im Gesicht.

Ich pruste los und kann mein Lachen nicht mehr zurückhalten.

»Du hast immerhin einen besseren Ruf als die Belluccis«, entgegne ich.

Er nickt lachend.

»Ja, das stimmt. Wie heißt du wirklich, denn ich gehe mal davon aus, dass du nicht wirklich Grayson Wheeler heißt.«

»Ich heiße Kaden. Kaden Crawford.«

Kapitel 46

Kaden Crawford

»Kaden, was ist dein größtes Geheimnis?«, fragt Sierra mich am Esstisch.

»Ich habe keins«, antworte ich. Sie legt ihren Kopf schief und grinst mich an.

»Du lügst«, entgegnet sie.

Ja, und wie ich lüge, denn es gibt nichts Besseres, als sie zu ärgern.

»Vielleicht«, antworte ich knapp. Sierras Grinsen wird breiter.

»Komm schon, sag es mir«, fleht sie förmlich.

»Nein.« Sierras Grinsen erstirbt und ihr Blick wird ernst.

»Kaden, spiel nicht mit mir, das kann böse enden.«

Ach ja?

Das will ich sehen.

»Was willst du dagegen machen?«, frage ich in einem gespielten Ton.

Sierra steht urplötzlich von ihrem Stuhl auf und fällt direkt auf den Boden.

Fuck.

Ich renne sofort zu ihr. Wieso musste ich sie provozieren?

Hoffentlich hat sie sich nicht verletzt. Als ich bei ihr angekommen bin, lag vor mir auf dem Boden keine Sierra mit Schmerzen, sondern eine lachende Sierra.

Sie lacht?

»Ich habe für einen Moment vergessen, dass ich nicht mehr gehen kann. Wie hast du es hingekriegt, dass ich sowas vergesse?«, fragt sie mich lachend, auf dem Boden liegend.

Ich spüre ein Stechen in meinem Herzen. Ich finde es gut, dass sie über ihre Lage lachen kann, aber es bricht mir das Herz, wenn ich daran denke, was Alessandro ihr angetan hat.

Dieser verdammte Bastard.

Ich hebe Sierra vom Boden und gehe mit ihr zu meinem Bett.

Während ich mich hinsetze, krallt sich Sierra an mich, während sie immer noch leicht am Lachen ist.

»Sierra, du bist verrückt. Du kannst doch nicht einfach aufstehen, du hättest dich verletzen können«, sage ich, während ich Küsse an ihrem Nacken verteile.

»Es ist aber nichts passiert«, erwidert sie provozierend.

Ich blicke ihr düster in die Augen.

»Es hätte aber etwas passieren können«, sage ich in einem wütenderen Ton als beabsichtigt.

»Kaden, hör auf zu übertreiben. Es ist nichts passiert, außerdem fand ich die Situation eher lustig als gefährlich«, erwidert sie in einem schroffen Ton.

»Es war aber nicht *lustig*«, entgegne ich.

Wie kann sie nur so töricht sein und die Situation lustig finden?

»Ich habe mich lange nicht mehr hingestellt, und jetzt habe ich es getan und bin direkt hingefallen, weil ich vergessen habe, dass ich nicht stehen kann, für mich ist es lustig.«

Mein Blick verhärtet sich auf ihr, da es mich nervt, dass sie nicht einsehen kann, wie dumm es von ihr war, das einfach zu tun.

»Dann solltest du es nicht vergessen, Sierra. Du wirst nie wieder gehen, geschweige denn stehen können!« Sobald ich diese Worte ausgesprochen habe, bereue ich es direkt.

»Sierra, es ...«, sie unterbricht mich, während sie sich von mir schubst und ihre Augen sich mit Tränen füllen.

»Verschwinde«, flüstert sie, während die ersten Tränen sich ihren Weg auf ihrer Wange machen.

»Sierra ...«

»Ich sagte, verschwinde!«, schreit sie mich nun an.

Ich habe es vermasselt.

Ein letztes Mal blicke ich ihr in die Augen und verlasse den Raum.

Wie zur Hölle soll ich das nur wiedergutmachen?

Kapitel 47

Kaden Crawford

Es ist 4:53 Uhr und ich fühle mich beschissen.
Ich habe Sierra mit meinen Worten verletzt.
Wieso konnte ich nicht einfach den Mund halten?
Ich trinke einen Schluck meines Gins und starre an die Wand. Normalerweise trinke ich nicht, aber heute ist es eine Ausnahme.
Ich sollte mich bei Sierra entschuldigen, wenn sie aufwacht.
Ob sie mir verzeihen wird?
Ich sollte nach ihr sehen. Ich stehe von der Couch auf und begebe mich zu meinem Schlafzimmer, wo ich Sierra allein gelassen hatte.

Langsam öffne ich die Tür und sehe sie auf dem Bett schlafen. Ich trete ins Zimmer hinein und gehe auf sie zu.

Je näher ich ihr komme, desto mehr sehe ich ihre roten Augenlider. Hat sie sich in den Schlaf geweint?

Fuck!

Das wollte ich nicht.

Ich habe es vermasselt.

Ich habe es verdammt noch mal vermasselt.

Vorsichtig trete ich näher an sie, doch ich spüre einen stechenden Schmerz an meinem Kopf und falle auf den Boden. Alles um meine Augen wird schwarz.

Kapitel 48

Kaden Crawford

Ich wache mit einem dröhnenden Schmerz im Kopf auf und bemerke, dass ich auf dem Boden liege.

Was zur ...

Ist das Blut auf dem Boden?

Ich stehe vom Boden auf und sehe auch ein paar Glasscherben auf dem Boden liegen. Ich fasse mir an die Stelle, wo es schmerzt und als ich auf meine Hände blicke, sehe ich dort ebenfalls Blut.

Mein Blick gleitet zum Bett, was leer ist.

Wo ist Sierra?

Plötzlich überkommt mich eine Erkenntnis.

Alessandro hatte im Brief an seinen Vater geschrieben, dass er alles tun wird, um Sierra in seine Finger zu kriegen.

Tränen bilden sich in meinen Augen.

Er hat es anscheinend geschafft.

Wie ist mir nicht aufgefallen, dass er hier war?

Fuck, Fuck, FUCK!

Ich nehme mein Handy aus meiner Hosentasche und rufe Adrian an.

Nach dem dritten Klingeln geht er dran.

»Adrian, er hat sie!«, sage ich aufgewühlt, während sich Tränen den Weg über meine Wange machen.

»Was? Wovon sprichst du, Kaden? Ist alles okay?«, fragt er mich verwirrt.

»Nein, überhaupt nichts ist gut! Alessandro, er hat Sierra«, erwidere ich, während meine Stimme zu zittern beginnt.

»Warte, ich komme zu dir«, sagt er hastig und legt auf.

Zwanzig Minuten später ist Adrian da und er betrachtet mich mit einem besorgten Blick.

»Was ist mit dir passiert?«, fragt er mich, während er die Wunde an meinem Kopf anstarrt.

»Alessandro ist passiert.« Er geht ins Haus hinein und zieht mich zu meinem Badezimmer.

Dort angekommen, öffnet er den Badezimmerschrank und holt den Erste-Hilfe-Kasten heraus. Er beginnt meine Wunde zu säubern und ich kann nicht anders, als in Tränen auszubrechen.

Adrian hält inne bei dem, was er tut, und zieht mich in eine Umarmung.

»Es ist okay, alles wird gut«, flüstert er mir leise zu, während er mich noch fester umarmt.

»Adrian, wir müssen sie finden«, sage ich schluchzend. »Wir werden sie finden, das verspreche ich dir«, sagt er. Ich löse mich von der Umarmung und blicke ihm in die Augen und nicke. Adrian säubert weiter die Wunde und nimmt dann ein Wattetuch, drückt es auf die Wunde und befestigt es mit einem Tape.

»Adrian, ich habe Angst, was Alessandro alles mit ihr anstellen wird, wenn wir sie zu spät finden«, flüstere ich.

Adrian blickt mir tief in die Augen und nimmt meine Hand in seine.

»Wir werden es nicht dazu kommen lassen.«

Kapitel 49

Sierra Grey

»Oh Sierra, hast du etwa gedacht, dass dein neuer Freund dich beschützen könne?«, sagt eine allzu bekannte Stimme.

Alessandro.

Sofort werde ich hellwach und bemerke, dass ich auf einem Stuhl sitze. Er hat mich gefesselt, denn ich kann meine Arme nicht bewegen und spüre etwas auf meinen Armgelenken.

Ich gehe davon aus, dass es ein Seil ist.

»Wo bin ich?«, frage ich ihn und versuche ruhig zu wirken.

Doch innerlich herrscht in mir ein Tornado aus Emotionen.

Er wird mich umbringen, so wie er es versprochen hatte, an dem Tag, als er vor drei Jahren verhaftet worden war.

Du wirst mir nicht entkommen.

Das waren die Worte, die er als Letztes zu mir sagte.

»Du bist an einem Ort, wo dich niemand finden wird«, erwidert er lachend.

Gänsehaut breitet sich auf meinem Körper aus.

Er hat es nun wirklich geschafft.

Alessandro hat es geschafft und er wird mich schlimmer verletzen als je zuvor.

»Weißt du, ich habe immer geglaubt, dass du die Richtige für mich wärst, dass du mich lieben würdest, aber du bist genauso eine Hure wie alle anderen Frauen«, zischt er.

Ich zucke zusammen und meine Gedanken schießen an den vorherigen Tag zurück.

Du wirst nie wieder gehen, geschweige denn stehen können!

Die Worte versetzen mir einen Stich im Herzen.

Aber Unrecht hat er nicht.

Ich werde nie wieder gehen können, nur weil ich in der Vergangenheit den falschen geliebt habe.

Und dass Alessandro jetzt behauptet, dass ich ihn nie geliebt hätte, ist ironisch.

Er war derjenige, der mich nicht geliebt hat, denn jemanden, den man liebt, vergewaltigt man nicht und befördert diese Person nicht blind in einen Rollstuhl.

»Was willst du, Alessandro?«, frage ich ihn und senke meinen Kopf.

»Ich will Rache. Rache für die drei Jahre, die es mich gekostet hat, mit einer Schlampe wie dir zusammen gewesen zu sein!«

Kapitel 50

Kaden Crawford

2 Monate später

Wir haben sie noch immer nicht gefunden, und allmählich verliere ich den Verstand.

Wo zur Hölle ist sie?

Ich kann mir ein Leben ohne sie nicht vorstellen, ich muss sie finden.

Meine größte Angst ist, dass Alessandro sie getötet hat.

Wenn ich diesen Bastard auch nur in die Finger kriege, ist er erledigt!

Zwei Monate ist es her, seitdem ich sie das letzte Mal gesehen habe.

Zwei verdammte Monate.

Ohne sie, macht mein Leben keinen Sinn mehr.

Was ist, wenn ich sie nie finde? Daran möchte ich erst gar nicht denken.

»Kaden, wir haben überall nach ihr gesucht«, sagt Adrian und legt mir seine Hand auf die Schulter.

»Wir haben nicht gründlich genug nach ihr gesucht. Sie muss irgendwo sein«, sage ich verzweifelter als geplant.

Tränen steigen mir in die Augen. Es kann noch nicht vorbei sein.

Noch nicht.

Sie ist irgendwo da draußen, da bin ich mir sicher.

»Kaden ...« »Ich werde nicht aufgeben, nicht, bis ich sie gefunden habe!«, unterbreche ich ihn.

Ich werde nicht so leicht aufgeben.

Plötzlich überkommt mich eine Idee.

»Erinnerst du dich noch an Nikolai Morosow?«, frage ich Adrian. Er nickt.

»Ja, der Mafioso, den ich nicht verhaften sollte. Was ist mit ihm?« Er wirkt leicht verwirrt.

»Ich habe noch einen Gefallen, den ich heute einfordern werde.«

Angekommen bei Nikolais Anwesen, steigen Adrian und ich aus meinem Auto und gehen zum Eingang. Dort angekommen klingele ich und nicht mal zehn Sekunden später öffnete eine etwas ältere Frau die Haustür.

»Ist Nikolai zu Hause?«, frage ich die Dame, wahrscheinlich das Hausmädchen des Anwesens.

»Wer will das Wissen?«, fragt sie mich und mustert mich von oben bis unten. Wahrscheinlich hat sie bemerkt, dass ich nicht wie jemand aus der Mafia aussehe.

»Ich bin ein alter Freund von ihm. Ich muss dringend mit ihm sprechen«, erwidere ich.

»Und er?«, fragt sie und zeigt auf Adrian.

»Ich bin seinetwegen hier«, antwortet Adrian und zeigt auf mich.

»Ich lasse euch nicht rein«, sagt sie und will gerade die Tür vor unserer Nase zuschlagen, doch Adrian hält sie auf.

»Miss, wir haben nicht viel Zeit, es könnte den Tod von jemandem bedeuten, also bitte ich sie, uns zu Nikolai zu bringen«, zischt er.

Plötzlich taucht Nikolai hinter der Frau auf und betrachtet uns.

»Nimmt es ihr nicht übel, sie macht nur ihren Job«, sagt er und öffnet die Tür, sodass wir eintreten können.

»Was verschafft mir die Ehre, dich wiederzusehen, Kaden?«, fragt er.

Er führt uns zu seinem Büro, deutet uns auf die Sessel vor seinem Schreibtisch hinzusetzten.

Adrian und ich setzen uns hin, während Nikolai sich an seinen Schreibtisch setzt.

»Ich brauche deine Hilfe«, gestehe ich und fahre fort.

»Alessandro hat meine Freundin entführt, und seit zwei Monaten suchen wir wie verrückt nach ihr, aber es gibt keine Spur bisher.« Nikolai sieht mich verwirrt an.

»Wie ist das möglich? Vor fünf Jahren habt ihr doch Carlos und seine Cousins verhaftet, wie kann Alessandro dann auf freiem Fuß sein?«, fragt er mich.

»Carlos hatte nie irgendwelche Cousins gehabt. Alessandro, Giovanni und Antonio sind seine Söhne und die angeblichen Cousins, die wir damals verhaftet haben, sind irgendwelche fremden Männer, die nur so tun sollten, als wären sie die drei. Was heißt, dass Alessandro, Antonio und Giovanni noch frei herumlaufen«, erkläre ich. »Ihr habt also die falschen Leute ins Gefängnis gebracht?« Ich nicke als Antwort.

»Kannst du uns helfen, meine Freundin zu finden und diesmal die richtigen ins Gefängnis zu stecken?«, frage ich ihn.

Er grinst mich und Adrian an und nickt.

»Das tue ich doch liebend gerne.«

Kapitel 51

Kaden Crawford

Vor drei Tagen gab uns Nikolai sein Wort, dass er uns helfen würde, und vor wenigen Stunden hat er mich angerufen und mir berichtet, dass er glaubt, er wüsste, wo Alessandro Sierra versteckt.

Aus dem Grund sitzen Adrian und ich in Nikolais Büro.

»Die Belluccis haben einen Bunker am Stadtrand, es kann gut möglich sein, dass er deine Freundin dort gefangen hält«, sagt er, weswegen meine Augen sich weiten.

»Worauf warten wir dann noch, wir sollten aufbrechen«, erwidere ich und stehe auf.

Nikolai blickt mir in die Augen und deutet mir, dass ich mich gefälligst wieder hinsetzen soll.

»Kaden, ich weiß, du vermisst deine Freundin, aber ohne einen Plan gehen wir nirgendwo hin, ist das klar?«, fragt er mich und sieht dann auch Adrian an.

Adrian nickt und Nikolai schaut mich herausfordernd an. Ich nicke auch und setze mich wieder hin.

»Wir werden morgen in den Bunker gehen, und meine Männer werden draußen warten, falls die drei verschwinden wollen. Ihr könnt auch ein paar eurer Leute draußen platzieren, damit sie, wenn es so weit ist, die drei verhaften können. Währenddessen werden wir hineingehen und deine Freundin suchen«, sagt er.

Hoffentlich ist sie in diesem Bunker, denn wenn ich auch nur eine weitere Woche ohne sie lebe, verliere ich endgültig den Verstand.

Nikolai hatte uns am Vortag den Plan erklärt.

Um 7:15 Uhr sollen wir vor seinem Anwesen sein und um 7:20 Uhr werden wir zum Bunker fahren.

Um ehrlich zu sein, habe ich Angst.

Adrian parkt vor dem riesigen Anwesen und wir steigen vom Wagen aus. Nikolai kommt auf uns zu und führt uns zu einem seiner Autos und deutet uns einzusteigen.

Im Auto erklärt uns Nikolai, dass wir uns im Bunker aufteilen, um Sierra zu suchen.

»Nikolai, falls du sie finden solltest, sie ist blind und kann nicht gehen. Bitte behandle sie gut, denn Alessandro hat sie schon genug gequält«, sage ich, während mir ein paar Tränen über die Wange gleiten.

Er nickt mir zu, und sein Blick verrät mir, als würde er verstehen, was ich ihm zu sagen vermitteln wollte.

Nikolais Fahrer fährt los und mein Herz schlägt so schnell, als würde es gleich aus meiner Brust herausspringen.

Hoffentlich lebt Sierra noch.

Die Fahrt zum Bunker dauert zehn Minuten, aber es fühlt sich an, als wären es zehn Stunden.

Nikolais Männer hatten sich schon positioniert, genauso wie die Polizisten vom CPD.

Wir steigen vom Auto aus und ich sehe, wie mein Boss auf mich zukommt.

»Viel Glück, Kaden«, sagt er und zieht mich in eine Umarmung.

»Danke«, entgegne ich und löse mich von der Umarmung.

Hoffentlich ist sie in diesem Bunker.

Wir gehen hinein und es ist viel größer, als ich gedacht habe.

»Wir teilen uns auf«, flüstert Nikolai.

Nikolai geht nach links, Adrian nach rechts und ich gehe geradeaus.

Es ist überraschend hell, hier drinnen.

Langsam und so still wie möglich gehe ich weiter und sehe eine Tür.

Ich trete auf sie zu, öffne sie und betrete den Raum.

Im Raum ist alles dunkel und ich kann kaum etwas erkennen.

Ich öffne meine Taschenlampe und sehe mich im Raum um.

Auf dem Boden liegt Müll und mitten im Raum liegen auch Kisten. Ganz hinten im Raum ist ein Schrank. Vorsichtig gehe ich zum Schrank und als ich die Tür öffne, bleibt mein Herz stehen. Vor mir sitzt Sierra, gefesselt an einem Stuhl und den Mund mit Klebeband zugeklebt.

Ihre Augen sind zu, aber ich kann sehen, wie stark sie zittert und dass ihr eine Träne nach der anderen über die Wange läuft.

Ich wische ihr die Tränen weg und sofort zuckt sie zusammen.

»Sierra, ich bin es«, sage ich, woraufhin sie ihre Augen öffnet. Ich ziehe ihr das Klebeband von ihrem Mund, so vorsichtig wie es nur geht, um sie nicht zu verletzen.

Als ich sie vom Klebeband befreit habe, öffne ich die Fesseln.

»Kaden?«, fragt sie.

»Ja, ich bin es«, entgegne ich

»Sierra, es tut mir leid für die Worte, die ich dir gesagt habe. Es tut mir verdammt noch mal leid, bitte verzeih mir.«

»Ich verzeihe dir, immerhin hattest du recht«, sagt sie, was mich beim Öffnen der Seile innehält.

»Nein, Sierra, du bist perfekt. Fuck, weißt du, wie sehr ich dich liebe? Ich kann mir ein Leben ohne dich nicht vorstellen«, gestehe ich.

Sie hebt ihren Kopf und lächelt.

»Ich weiß, Kaden, und ich liebe dich auch.«

Ich löse sie von den Fesseln und ziehe sie zu einem innigen Kuss.

Sie erwidert den Kuss und es fühlt sich so an, als würde die Welt um uns herum stehen bleiben.

Ich löse mich vom Kuss und sehe die frischen Narben auf ihrem Gesicht.

»Was hat er mit dir gemacht?«, frage ich sie und fürchte mich vor der Antwort.

Sierra senkt ihren Kopf und ich erkenne die Tränen in ihren Augen.

»Er vergewaltigte mich jeden Tag und wenn ich mich gewährt habe, hat er mich geschlagen und einmal da hat er ...«, ihre Stimme bricht und die Tränen nehmen ihren Weg über ihre Wange. »Einmal hat er mir mit einem Messer meine Arme geritzt«, sagt sie und zeigt mir ihre Arme, wo man deutlich Schnittwunden erkennen kann.

Wie kann man nur so grausam sein?

»Es tut mir leid, ich hätte dich früher finden sollen«, erwidere ich und weine.

Ich weine, da ich ihr das Ganze ersparen hätte können, hätte ich damals die richtigen hinters Gitter gebracht.

»Es ist nicht deine Schuld, Kaden«, sagt sie und legt ihre Hand auf meine.

»Doch Sierra, es ist alles meine Schuld. Hätte ich vor fünf Jahren die richtigen Leute verhaftet, wäre dir das Ganze erspart geblieben«, gestehe ich.

»Wie süß, das Liebespaar ist wieder vereint. Du hast bestimmt deine kleine Blume vermisst, nicht war Grayson? Oder sollte ich lieber Kaden sagen?«, ertönt eine Stimme hinter mir.

Sofort drehe ich mich um und Alessandro steht gegenüber von mir.

In seiner Hand hält er eine Pistole.

»Was willst du, Alessandro?«, frage ich ihn und sehe ihn mit einem hasserfüllten Blick an.

In dem Moment betreten Nikolai und Adrian den Raum und ihre Blicke bleiben auf Alessandro und mir hängen.

»Ich will Rache für die drei Jahre, die es mich gekostet hat, mit einer Schlampe zusammen zu sein und ich will Rache für meinen Vater«, sagt er und richtet seine Waffe auf mich.

Er entsichert die Waffe und kurz bevor er abdrückt, rennt Adrian zu mir, schubst mich hinter sich und ich höre nur noch das Geräusch der Pistole.

Adrian zuckt zusammen und fällt auf den Boden. Mein Blick wandert zu der Wunde, an seiner Brust.

Fuck!

Mein besorgter Blick wird zu einem wütenden.

Nikolai eilt zu Adrian, während ich zu Alessandro gehe und ihn auf den Boden werfe.

Ich schlage auf ihn ein und er versucht sich zu wehren, doch ich hole ein Messer hervor und steche ihm in die Hand.

»Du verdammter Bastard!«, zische ich und schlage immer härter auf ihn ein.

Nach einer Weile legt mir Nikolai seine Hand auf die Schulter.

»Kaden, hör auf, er ist tot«, sagt er.

»Das kann man nie wissen.« Ich nehme die Pistole, die neben Alessandros reglosem Körper liegt, stehe auf und schieße ihm in den Kopf.

»Jetzt ist er tot«, erwidere ich, und drehe mich um und gehe zu Adrian.

Er sieht mir in die Augen und lächelt.

»Kaden, du warst nicht nur mein Freund, sondern auch mein Bruder. Ich möchte, dass du weißt, dass ich dich liebe. Vergiss das bitte nie«, sagt er.

Ich schüttle meinen Kopf. Nein, er wird nicht sterben, nicht heute!

»Sag das nicht, du wirst nicht sterben, du wirst noch heiraten, eine Familie gründen und dann kannst du sterben«, erwidere ich, und Adrian legt seine Hand um meine.

»Dann tue mir den Gefallen und gründe deine eigene Familie mit Sierra. Ich habe schon eine Familie und die bist du, Kaden. Du warst immer meine Familie«, sagt er und wird reglos.

»Adrian! Du darfst nicht von mir gehen, ich brauche dich!« Die Tränen machen sich ihren Weg über meine Wange.

Er kann nicht von mir gehen.

Er ist meine Familie.

»Was ist passiert?«, ertönt die Stimme meines Bosses hinter mir.

»Alessandro hat ihn getötet«, flüstere ich.

Mein Boss kniet neben mir und zieht mich in eine Umarmung.

Ich weine immer stärker.

»Es ist okay, Kaden. Die Belluccis werden nie wieder einer Menschenseele etwas antun.

Antonio und Giovanni wurden verhaftet«, sagt er.

»Was ist mit Anderson?«, frage ich ihn und sehe verschwommen in seine Augen.

»Er wurde gestern Abend schon verhaftet.«

Ich nicke und löse mich von der Umarmung. Mein Blick bleibt auf Sierra, die noch immer auf dem Stuhl sitzt. Ich gehe zu ihr und hebe sie in meine Arme.

»Ich bringe dich in ein Krankenhaus«, sage ich und küsse sie auf die Stirn.

Es ist nun vorbei, aber ich musste teuer für meinen Fehler der Vergangenheit bezahlen.

Epilog

Kaden Crawford

5 Jahre später

Ich betrete mein Haus und kann es kaum erwarten, Sierra zu sehen. Die Arbeit war anstrengend und ich sehne mich danach, Sierra in die Arme zu nehmen und mit ihr zu kuscheln.

»Daddy!«, schreit Adrian und rennt in meine Arme. Ich hebe ihn hoch und gebe ihm einen Kuss auf die Stirn. Vor fünf Jahren habe ich zwei Wochen, nachdem der schrecklichste Tag meines Lebens geschehen war, Sierra einen Heiratsantrag gemacht, und sie hat ihn angenommen. Drei Monate später haben wir geheiratet und zwei Monate nach der Hochzeit erfuhren wir, dass Sierra schwanger war. Ich konnte nicht glücklicher sein, doch trotzdem fühlte ich die Leere in mir, die Adrians Tod in mir ausgelöst hatte.

Als Sierra und ich erfuhren, dass es ein Junge wird, wussten wir beide, wie wir ihn nennen würden.

Wir nannten ihn nach meiner besseren Hälfte.

Adrian.

»Wo ist Mommy?«, frage ich meinen Sohn.

»Sie liegt im Bett«, sagt er.

Ich gehe in unser Schlafzimmer und sehe Sierra und lasse Adrian auf dem Boden ab und gehe zu meiner Frau.

»Ich habe dich vermisst, meine kleine Blume«, sage ich und küsse sie.

Sie erwidert den Kuss.

»Ihh!«, schreit Adrian und rennt aus dem Zimmer heraus. Ich muss mir mein Lachen unterdrücken.

»Wie war die Arbeit?«, fragt sie mich.

»Anstrengend.«

Ich streiche ihr eine Strähne vom Gesicht.

»Wie geht es der Kleinen in deinem Bauch?«

»Ihr geht es bestens.«, antwortet Sierra mit einem Lächeln.
Habe ich erwähnt, dass Sierra im achten Monat schwanger ist?

Ende

Danksagung

Als allererstes möchte ich mich bei meiner Mutter bedanken, die immer an mich geglaubt hat und mich bei allem unterstützt. *Seni seviyorum.*

Dann möchte ich zwei besonderen Menschen danken, die mich schon von Anfang an unterstützt haben, und obwohl ich bestimmt 7 Manuskripte angefangen und gelöscht habe, nicht aufgegeben haben, an mich zu glauben.
Danke, Janine und Lia.

Als Nächstes möchte ich mich bei Aaliyah (Joanna), Celine, Neele, Madeline und bei Lara (Laura-Marie) bedanken. Danke, dass ihr mein Buch vorab gelesen und mich unterstützt habt.

Dann bedanke ich mich bei Selly (Salem Pedro), die nicht nur eine tolle Autorin ist, sondern auch eine gute Freundin. Danke, dass du mich oft motiviert hast weiterzuschreiben und nicht das ganze Buch zu löschen.

Außerdem möchte ich mich bei Angie bedanken. Danke, dass du eine wundervolle Freundin bist und mich bei allem unterstützt.

Zu guter Letzt möchte ich meiner Oma danken, die wahrscheinlich mein größter Fan ist. Ich weiß, dass du nie eins meiner Bücher lesen wirst (da sie nur Türkisch versteht), trotzdem danke ich dir, dass du immer an mich geglaubt hast.
Seni seviyorum.